Naoto & Masaki
「双曲線」

双曲線

二重螺旋8

吉原理恵子

キャラ文庫

この作品はフィクションです。
実在の人物・団体・事件などにはいっさい関係ありません。

目次

双曲線……5
あとがき……218

口絵・本文イラスト／円陣闇丸

《＊＊＊プロローグ＊＊＊》

須賀《すが》高校一年一組、篠宮瑛《しのみやあきら》。

放課後、野球部の部活中に喧嘩《けんか》をして現在は自宅謹慎中である瑛は、一日中ベッドで不貞寝《ふてね》をしたまま天井を睨《にら》んでいた。ほかに、何もやることがないからだ。

なんで。

どうして。

――俺ばっかり。

不公平だ。

理不尽だ。

――こんなのは。

腹が立つ。

奥歯が軋《きし》る。

――頭が煮える。

思考――いや、収まらない激情は際限なくループする。ささくれ立った気持ちの整理がつかないままに。

いつもは朝からドンブリ飯……が基本の瑛だが、まったく腹が空《す》かない。それはただ食欲がないというより、今のこの状態で頭がいっぱいで空腹感すら感じないからだ。

怒りと。

不満で。

――ドン底。

クソバカな連中を殴ってスッキリしたかというと、まるで逆だった。瑛の怒りの正当性を誰も認めてくれなかったからだ。自宅謹慎になって、あれこれ考える時間が増えた分だけよけいにストレスが溜《た》まった。

練習はハードでも好きなことに打ち込める部活が終わったあとは心地よい疲労感を覚えるだけだが、考えてもキリがないことばかりがスパイラルしてズルズルと落ち込んでいく気分は最悪だった。

クソ。

クソッ。

――クッソーッ。

睨んでいるのは天井なのに、見えているモノは違う。

それは、殴り合ったクソバカ野郎の顔だったり、ただオロオロするばかりで何もできない同期の連中の顔だったり。頭を下げまくるばかりの母親だったり。きつい目で瑛を見据《みす》える零《れい》の顔だったりもした。

視界が変なふうに歪《ゆが》んで、狭《せま》くなる。

どこにも、誰にもぶつけようのない激情が身体の中で荒れ狂っていた。

ムカムカする。

イライラする。

頭の芯《しん》までズキズキした。

(俺は悪くない)

そう。悪いのは自分じゃない。大した実力もないのに、やたら先輩風を吹かして絡んでくる補欠組の上級生が悪い。部活になんの関係もない祖父のことで、ネチネチ、しつこく絡んでくるあいつらが悪い。

(俺は何も悪くないッ)

野球部の連中はみんな知っている。そいつらが、一年生で即レギュラー入りが確実な瑛を妬《ねた》んでいるのだと。僻《ひが》んでいるのだと。邪魔に思っているのだと。

なのに。そいつらが調子にのってくだらない因縁を吹っかけてくるのを、誰も止めようともしなかった。そいつらが言っていることがなんの根拠もない嘘《うそ》八百ではなく、ある意味、公然とした事実だったからだ。

祖父が我が息子をナイフで刺して、直後に脳卒中を起こして死んだ。それは、否定できない現実だ。

けれども、そこにはやむにやまれぬ事情があった。そのことを皆が知っているのに、その事実を誰も汲《く》んではくれない。わかってくれない。認めてくれない。

それどころか。

【身内の恥をナイフで解決しようとした短絡思考】

【ここまでくれば立派な老害】

【スキャンダラスな愚行で更に恥の上塗《うわぬ》り】

マスコミはこぞって祖父の死を貶《おとし》めるだけだった。それが……許せない。

一番の極悪人は刺された伯父——慶輔《けいすけ》だというのに、世間は誰も祖父の死を悼《いた》んではくれなかった。ある意味、親族ですら。

(ジーちゃんが可哀相だ)

心底、それを思う。

あんな死に様は可哀相すぎる。痛ましすぎる。死んでなお、クソミソに言われるのが孫として我慢ならない。

(代わりに、慶輔《あいつ》が死ねばよかったのに)

本音で思う。

慶輔を道連れにできなくて、結局、祖父は無駄死にをした。そうとしか思えない。瑛は、祖父の無念をヒシヒシと感じないではいられなかった。

もしも本当に『神様』がいるのなら、とことん無慈悲だと思う。本当に死ぬべきなのは祖父ではなく、諸悪の根源である慶輔のはずだからだ。だから、きっと『神様』なんてどこにもいないのだろう。

そんな祖父の無惨《むざん》な死に様を引き合いに出されて因縁を吹っかけてくるクソ野郎に、瑛はどうにも我慢ができなかった。

だから――殴った。

殴られて当然の暴言を吐いたからだ。それも、ネチネチと。しつこく。無視するのにも限界があった。

なのに。兄である零は、瑛の味方をしてくれなかった。暴力行為を容認してほしいわけではなかったが。

【おまえの気持ちはわかる】

慰めの言葉はほしかった。

――いや。兄弟なのだから。

【おまえが悪いんじゃない】

せめて、共感くらいはしてほしかった。気持ち的に、ダメージを受けた瑛に寄り添ってもらいたかった。

だが。

「今、ウチがどんな状態か。おまえ、ちゃんとわかってるか？」

零はそんなふうに瑛を責める。

それを言われると、瑛は唇を噛《か》んで黙ることしかできない。

——それって反則だろッ。

口に出して言えない分、逆に腹が煮えた。

父親《智之》は今、祖父の死に様に対して責任を感じ重度の鬱《うつ》病を患《わずら》っている。父親のせいではないのに、自分を責めて。悩んで。ドツボの呪縛《じゅばく》に嵌《はま》っている。

母親《麻子》が、明仁《あきひと》伯父が、どんな言葉で慰めても無駄だった。祖父の死は、快活だった父親にそれほどのダメージを与えたのだ。

それもこれもすべて、慶輔の責任なのにだ。

慶輔のせいで父親が壊れていくのを、ただ見ているしかないのが苦しい。自分たちの家族がドン底に落ちていくのが、たまらなく辛《つら》い。ものすごく——痛い。

だから。瑛は慶輔が憎い。憎くてたまらない。

(なんで、あいつはのうのうと生きてるんだよッ？)

憤激で頭の血管が切れてしまいそうになる。

（あんな奴、死ねばいいのにッ）

祖父が無駄死にをして、父親の心は砕けた。

その悲惨な事実を、マスコミは興味本位で面白おかしく垂れ流しにする。我が家のプライバシーが根こそぎ暴かれて全国ネットでダダ漏《も》れになった。

そんなことが許されていいのか？

自分たちは、ただの一般人である。世間に顔と名前を売ることで収入を得ている芸能人ではないのだ。

自分たちの生活がマスコミの横暴と無責任で丸裸にされることへの憤激。慶輔の愛人は言いたい放題なのに、自分たちには反論をするチャンスさえ与えられない。

真実はどうであれ、言った者勝ち。

正義をねじ曲げても、やった者勝ち。

——こんなのは、間違ってるッ。

愛人が言うところの『密室の真実』に反撃できる唯一の当事者である父親は、今、それどころではない。

悔しい。

……悔しいッ。

…………悔しいッ！

せめて父親がまともな精神状態でありさえすれば、こんなにも惨《みじ》めな思いをしなくても済むのに。

(どうせ壊れるのなら、やるべき事をきっちりやってからにしてくれよッ！)

頭の片隅でそれを思って、どっぷりと自己嫌悪に陥る。身勝手な自分を責めて。すると、ますます気持ちがささくれた。

そんな瑛の頭を、零はゲシゲシと踏みつけにする。

「俺は部活をやったことがないから、偉そうなことは言えないけど」

そう、口にしながら。喧嘩をする前にちゃんと考えろ——と、説教をする。これ以上、母親に負担をかけるなと。

わかってる。

——わかってるッ。

——わかってるッ！

そんなことは言われなくてもわかっている。

だが。頭でわかっていても、どうしようもない激情に駆られてしまうことだってある。今回のように、だ。

部活の内情を知らない零が、正論ばかりを口にするのがムカつく。イラつく。どうしようもなく、腹が立つ。

――何も知らないくせに。

野球部の期待の星として須賀高校に入学した瑛は、地元ではある意味有名人であった。運動神経が抜群で、野球以外でも、何をやらせてもそれなりの結果を出した。部屋には、その手の賞状やトロフィーだらけだ。

小・中学時代から、ずっとそうだった。知名度は零よりも瑛のほうがはるかに上だった。だからこそ、その反動もダメージも大きい。

瑛が学校で……部活で、どれだけ我慢を強いられているかも知らないくせに。わかってもくれないくせに。味方もしてくれないくせに。正論ばかりを口にする零が――腹立たしくてならない。

暇を持て余していると、普段は考えもしないことばかりが頭を過《よ》ぎる。それも、ネガティブなほうにばかり。

ベッドで不貞寝しているしかない瑛は次第に鬱屈していった。

謹慎五日目の夜。

机の上に置きっぱなしにしていた携帯電話が鳴った。同じ部活の一年部員である木嶋《きじま》からだった。

着信表示を凝視したまま、出ようか無視しようか、迷う。早く出ろよ――と催促をするかのようなコール音が十回目になったところで、ようやく、瑛は通話ボタンを押した。

「……はい」

『篠宮？　木嶋だけど』

一年部員の中では、木嶋とは一番仲がいい。入部したときから一人別格扱いの感がある瑛に変なこだわりなく接してくれる。

だから、たいていストレッチをやるときには木嶋と組む。だが、謹慎を食らった経緯が経緯なので。

「なんだよ？」

『……元気？』

物言いは、どうしてもつっけんどんになる。

ンなわけねーだろッ——と毒突きたくなるのをグッと奥歯で嚙み殺して。

「まぁ、それなり」

ブスリと漏らす。

『あのさ。謹慎明けたら、部活、ちゃんと出てこいよ？』

(なんだよ、それ)

瑛がムッと黙り込むと。

『俺たち、待ってるから』

木嶋が早口で言った。

それでも、黙り込んだままでいると。

『俺たち、ちゃんと、おまえを待ってるから』

今度は、ゆっくりと繰り返した。

『おまえは悪くない。俺たち、わかってるから。だから、部活に出てこいよ？』

木嶋の声が……言葉が、ささくれた心にダイレクトに沁《し》みて。瞬間、瑛はなんだか泣けてしまいそうになった。

【おまえは悪くない】

瑛が一番言って欲しかった言葉だ。

母親も零も、言ってくれなかった。それどころか、母親はひたすらコーチに頭を下げまくるだけで。

――大丈夫？

とは、聞いてくれたが。

【ウチの子は悪くありません】

口でも態度でも、そんなふうには庇《かば》ってはくれなかった。

祖父を引き合いに出されてクソバカ野郎の親が怒鳴り散らしても、母親は顔を強《こわ》ばらせただけで瑛のために反撃をしてくれようともしなかった。

──なんで？

──どうして？

零に至っては、正論を振りかざすだけで慰めてもくれなかった。

家族は何も言ってくれないのに、赤の他人である木嶋が一番欲しかった言葉をくれた。

【おまえは悪くない】

そう……。自分は、悪くない。

瑛は、正当な反撃をしただけなのだ。わかってほしかったのは、それだけ。だから。

「……サンキュ」

自然と、その言葉が口を衝《つ》いた。一番言って欲しかった言葉を木嶋がくれたから。それが、鬱屈していただけの瑛には素直に嬉《うれ》しくて。

すると。木嶋が小さく息を吐いた。

『……ウン。大丈夫。俺たち、ちゃんとわかってるから』

誰もわかってくれない。この五日間、ずっとそう思っていた。

けれど、そうではなかった。

ちゃんと、自分をわかってくれる人間がいる。それが同じ部活の仲間であることが、瑛には無性に嬉しかった。

グラグラと煮詰まった頭が。

イライラと鬱屈した気分が。

木嶋の言葉で、ほんの少しだけ和らいだような気がした。

§§§　§§§　§§§　§§§

謹慎処分が明けて瑛が登校すると、周囲の目はあからさまだった。クラスメートは誰一人、まともに瑛と目を合わせようともしない。

むろん、話しかけてもこない。

まるで、腫《は》れ物に触るような態度だった。

そのくせ、遠巻きにヒソヒソと囁《ささや》き合うのをやめなかった。

瑛が不在だったときには部活の暴力沙汰《ざた》で大いに盛り上がっていたに違いない。きっと、あれこれ言いたい放題で。この一週間は話題に困らなかったことだろう。

想像するだけで、また、頭がグツグツ煮えた。

しかし。登校してきたとたん、皆は瑛の顔色を窺《うかが》うようになった。慶輔の『ボーダー』が発売されたときには聞こえよがしにあれこれ露骨に言っていたのが、まるで嘘のようだった。

(それって、俺がブチギレたから?)

その頃は。何を言われても聞き流しにすることで、誹謗中傷《ひぼうちゅうしょう》をやり過ごす。そうするしかないと、思っていた。

だから——耐えた。

(なんだ。そうなのか?)

皆を黙らせるのは、こんなに簡単なことだったのか。

だったら、我慢の限界まで溜め込まないでとっとと爆発してしまえばよかった。本音で、そう思えた。

嫌なことは『イヤ』だと意思表示しなければ、誰もわかってくれない。

(そうなんだ)

暴力沙汰では何も解決しない。それは、否定しないが。一方的に自分だけが我慢をして耐えることなんか、ないんだ。

それが、ようやく実感できたような気がした。

その日の放課後。瑛がユニフォームに着替えてグラウンドにやってくると、その反応は様々だった。

木嶋たち一年部員は率先して声をかけることで、瑛を迎え入れてくれた。もちろん、何もなかったかのように……とはいかなかったが。

レギュラー陣は、

「申し訳ありませんでした」

瑛がきっちり深々と頭を下げると、わずかに複雑な顔つきになった。

しかし。同じく謹慎明けである補欠組との和解など、あり得ないままだった。むしろ、視線が絡んだだけで火花が散った。

言葉よりも雄弁に語る目つきを、怯《ひる》まずに睨《ね》め付けて押し返す。

――なんだよ？

――文句でもあるのか？

――ひとりじゃ何もできないクズ野郎が。

視線を尖《とが》らせて凝視する。自分からは絶対に目を逸《そ》らさなかった。自分ひとりだけが理不尽に我慢をすることはないのだと思ったら、むしろ、気が楽になった。嫌悪感と怒りを込めて視線を尖らせるのにも、なんのブレーキもかからなかった。

けれど。

その後。部内の暴力沙汰が原因で半年間の対外試合が禁止になったことで、部内の空気は別の意味で重くなった。

それを払拭《ふっしょく》するには、今やれることを地道に頑張るしかない。瑛はそう思ったが、即レギュラー入りが確実だったポジションは目の前から消え失せた。

——しょうがない。

部に迷惑をかけたのは事実なのだから、それくらいのペナルティーはしょうがない。

ここで腐ってもしょうがない。自暴自棄になってすべてを投げ出してしまわなければ、チャンスはまた巡ってくる。

——違う。

対外試合が禁止処分になって、来期のレギュラー入りの可能性がまったくなくなってしまった補欠組があっさり退部してしまったことで、逆に、意地でも部をやめるわけにはいかなくなった。

——そうではなく。

もしかしたら、一番の理由は。放課後、部活をやることで、ますます空気が重苦しくなっていく我が家にいる時間を少しでも減らしたかった。

——からかもしれない。

父親も、母親も、零も、瑛を理解してくれない。その疎外感がどうしても消えなかった。

§§§§§　§§§§§　§§§§§　§§§§§

そんな、ある夜。

いつものように、瑛が部活から帰ってくると。母親の姿はなかった。

ダイニング・テーブルには、瑛の分の夕食がポツンと置かれてあった。

(レンジでチンして勝手に食えってことかよ?)

一家揃《そろ》っての団欒《だんらん》など、とっくになくなってしまった。

それを、淋しいとも思わない。父親がいつ回復するのかさえわからないこの状況では、それも、しかたがない。そうやって諦《あきら》めることに慣れてしまった。

会話のなくなってしまった家は、ただひっそりと重かった。

レンジでおかずを温め、茶碗《ちゃわん》にご飯をよそってガツガツと食う。空腹感は満たされても、なんだか味がしない。ただの気のせいではなく、家の空気が重いと味覚までもがおかしくなってしまったのかもしれない。

独り飯を済ませて二階の自室に上がっていくと、零の部屋のドア越しに声がした。

「あ……尚君《なおくん》?」

(——尚君?)

思わず、足を止めて。

(…って、千束《ちづか》のあいつ?)

瑛は耳を澄ませた。別に盗み聞きをするつもりはなかったが、相手が火葬場で一悶着《ひともんちゃく》があった従兄弟《いとこ》だと思うと妙に気になった。

「こないだは、ありがとう」

耳慣れた……というよりはむしろ、このところ聞いたこともないような零の口調の柔らかさだった。

(ありがとう……って、なんだよ?)

それが気になって。ドアノブをそっと回して、開けた。

わずかな隙間《すきま》から、片目で中を覗《のぞ》く。

デスクチェアーに座って携帯電話をかけている零の後ろ姿しか見えないが、ドア越しに聞き耳を立ててるよりも話し声はずっと明瞭《めいりょう》になった。

「尚君と話せて、ちょっと楽になった」

(——って、何が?)

「うん。……そうだね。……うん。——わかってる」

相槌《あいづち》を打つ零の声音が、優しい。ただ柔らかいのではなく、ほんのりと甘い。

(……なんで?)

家では気難しい顔で正論しか言わない零が、まるで別人のようだった。

(ウソだろ?)

子どもの頃から虚弱体質だった零はけっこう人見知りで、勉強はできても友人は少ない。瑛の知る限り、零が誰かとツルんでいるところなど見たことがなかった。休日でも、いつも一人で部屋にこもっているのが普通だった。

——なんだよ、兄ちゃん。友達いないのかよ？

本音で聞くと、じっとり睨まれた。

そうなんだ？　友達、いないんだ？　可哀相だな。

単純に、そう思っていた。

瑛には友人が腐るほどいたからだ。当然、女子にもモテた。場の中心にいるのはいつも瑛で、瑛を取り巻く周囲はいつも陽気で賑《にぎ》やかだった。

そう、自負していた。決して零をバカにしていたわけではないが、学力テストの結果ではまったく敵わない二歳年上の兄に対して、ちょっとした優越感はあった。

しかし。慶輔絡みのスキャンダル騒ぎで、それが見せかけにすぎないことを思い知った。

——思い知らされた。

まるで潮が引くようにいなくなってしまった友人の中で唯一残っていたのは、部活仲間だけだった。

ショック、だった。野球をやっていない自分は無価値なのかと。

友人がいなくて裏切られるショックがない零と、いったいどっちがマシだろうかと。そんなことを考えて、まるでバカみたいだと自嘲《じちょう》する。自嘲することしか、できなかった。

なのに。

——どういうこと?

零が、従兄弟である尚人《なおと》と携帯電話で話している。しかも、思いっきり親密そうに。

いったい、いつの間に、そういう関係になったのだろう。

知らない。

聞いてない。

——わからない。

こんなことは、まったくの予想外だった。

(なんで、よりにもよって尚人《あいつ》なんだよ?)

それを思うと、頭の芯がまたチリチリと灼《や》けた。

《＊＊＊団欒＊＊＊》

十月も後半に入ると。翔南《しょうなん》高校では文化祭への追い込みもあって、各クラスでは放課後になると部活組だけではなく一般生徒の自主的な居残りが増えた。ひとつの目標に向かってみんなで頑張るという一体感で、それなりに盛り上がっていた。

むろん。尚人《なおと》のクラスである二年七組も例外ではなかった。

中野《なかの》や山下《やました》のクラスのように手作り作品のノルマがあるわけではないし、和菓子関係は津村《つむら》の実家に任せておけばいいのでなんの心配もない。それでも、その下準備というかやるべきことはそれなりにある。クラス委員という立場上、尚人と桜坂《おうさか》には本番に向けてクラスを取りまとめる責任があった。

今日の六時間目のＬ　Ｈ　Ｒ《ロング・ホームルーム》でも、その議題が中心だった。

「当日は運搬係、接客係、片付け係、会計係、この割り振りでいきたいと思います。津村さんには家との連携と接客を仕切ってもらうということでいいですか？」

淀《よど》みなくテキパキと尚人が指示を出すと、すかさず、異議なしの拍手が上がる。

「各係の班長は先日選出された文化祭委員にやってもらいます」

　誰が何係をやるのかは、事前の話し合いで決定した。

「では、各自、ホワイトボードの希望する係に名前を記入してください。希望が集中した場合は、班長判断で調整をよろしくお願いします」

　尚人がそう言葉を切って教壇を降りると、まるで早い者勝ちとばかりに皆が一斉に立ち上がった。

　ザワザワ。

　ガヤガヤ。

　キャーキャー。

　教室内のざわめきは止まらない。

「ねぇ、ねぇ、どれにする?」

「やっぱり、やるんなら接客係よねぇ」

「『とらじ』って、売り子は揃いの袴《はかま》でしょ?」

「そう。レトロでムチャクチャ可愛《かわい》いの」

「それ、着てみたーい」

「俺、金庫番だけはパ〜ス」

「俺も。責任重大だし」

「つーか、計算ミスとか怖いよな」

「電卓と睨めっこじゃ楽しくねーもん」

「運ぶだけなら楽そうじゃん」

「階段で何往復ってことだろ?」

「けっこう、キツイんじゃね?」

「筋肉痛になりそう」

「片付けって、何をやるんだ?」

「ゴミ係ってことかな?」

「それって、最後の最後まで扱《こ》き使われそう」

ホワイトボード前は雑然としている。

(はぁぁ……。まずは、一段落かな)

尚人がこっそりため息をつくと、議事進行はすべて尚人にお任せ状態だった桜坂が。

「お疲れさん」

ボソリと漏らした。

「桜坂は、いいの?」

「何が?」

「希望する係」

「別に、なんでもいい」

そこらへん、こだわりがないという点においては尚人も同様であるが。

「接客係でも?」

一番苦手そうなものを尚人が口にすると。

「あり得ねーだろ」

一刀両断だった。

そういうのは女子向きであって、男子はお呼びではない。——はずだ。

「一番人気がなさそうなのは会計係だけど」

おそらくは。ちらりとホワイトボードに目をやると、いまだに誰の名前もなかった。

「金の計算が苦手つーより、売上金持ってるだけで緊張しまくりだろ」

「……ていうか、釣り銭用にある程度硬貨を揃えておかなきゃならないから。その下準備もあるしね」

「……げっ。マジ?」

そういう細かいところまではまったく気が付かなかった桜坂であった。

(……って。もしかして、俺たちがそれをやる可能性大ありってことか?)

たぶん、このままでいくと……。

なんにせよ、残り物に『福』はなさそうである。

「まぁ、生徒会執行部から準備金をもらってくるのはクラス委員の俺たちだけど」

「下手すりゃ、そのまま両替に直行？」

「……かもね」

それはそれで、貧乏クジかもしれない。本音で思えてきた桜坂であった。

──結局。

予想通り、自ら会計係になりたい者はいなかった。希望した係でジャンケンかクジ引きとなり、あぶれた者はしかたなく会計係に名を連ねることになった。

そこにクラス委員の二人──尚人と桜坂が必然的に加わると、彼らは何とも言えない顔つきになった。尚人という頼りがいのある安心感と、ただでさえ強面《こわもて》すぎる桜坂の圧迫感とで。

そして。引き続き各班に別れてのミーティングが終わると、タイミングよく六時間目終了のチャイムが鳴った。

──と。ザワつく教室で尚人が自席に戻るのを待ち構えていたように前席の羽田《はだ》が身体ごと振り返った。

「ねえ、篠宮《しのみや》君」

何？　──目で問い返すと。

「もしかして、ＭＡ……お兄さんがウチの文化祭を見に来るとか……あり得ないよね？」

「……え？」

思わず尚人が双眸《そうぼう》を瞠《みは》るのと同時に、あれだけザワついていた教室内がなぜだか一瞬にして静まり返った。

いきなりの爆弾発言？

口にした当人さえもが、一瞬、『なんなのよ？』とばかりに固まってしまった。

まったくの想定外というより、尚人自身、そんなことはまるっきり頭の隅にもなかった。雅《まさ》紀《き》が翔南高校の文化祭に来るという可能性については。

一般人解放日である日曜日は、毎年、半端ない人で賑わう。家族連れ、カップル、グループ、その他もろもろで。翔南の卒業生はもちろん、在校生の家族や友人以外の一般人もやってくるお祭り騒ぎである。

翔南高生たちは自分の家族が年に二回のイベントである体育祭と文化祭に来るのが普通……というより、当然の常識であったわけだが。桜坂ですら、単純にそう思っていた。

さすがに、高校生になってまで体育祭に親と弁当を囲んで食べる——というのがウザイとは思っていても、一緒に昼飯を食う友人もいなかったというのが昨年までの現実であった。今年は尚人も被害に遭った例の自転車通学者ばかりを狙《ねら》った暴行事件もあって、体育祭自体、急遽《きゅうきょ》中止になってしまったが。

だからこそ、文化祭の盛り上がりはいつも以上に気合いが入っている——とも言えた。

しかし。中学からこっち、そういうイベントには家族と楽しむことなどまったくなかった尚人は、羽田に言われるまでぜんぜん考えもしなかった。

雅紀がただの一般人ではなくカリスマ・モデルであることも、その一因ではあったが。逆に雅紀が高校生であった頃に、そういうイベントに行きたいと思うこともなかった。そんな気持ちの余裕など、まったくなかったからだ。

今回、瀧芙《そうぶ》高校の文化祭DVDを見る機会があって、初めて、高校生の雅紀という貴重な一端を垣間見る《かいまみる》ことができて超ラッキーだったくらいだ。

反面、生で見られなくて残念無念。それは今更のように痛感したが。

それでも。雅紀が翔南高校の文化祭に来るという発想すらできなかった。それは、超多忙な雅紀……という刷り込みが入っていたせいもあるかもしれない。

たぶん。それは他のクラスメートも同じだったろう。雅紀は尚人の兄だが、それ以前にカリスマ・モデル『MASAKI』だったからだ。羽田がそれを口にしなければ、誰も、そういう可能性など微塵《みじん》も考えていなかったに違いない。

——え？

——もしかして、それってアリなの？

——ウソ。

——マジで？

——どうなの？

——どうなんだ？

シンと静まり返った教室の中、男子も女子も興味津々《しんしん》に尚人を凝視する。

久々に思わぬ形で注視の的になった尚人にしてみれば、なんだかとても視線が痛い。

（みんな、ミーハーだよなぁ）

内心、どんよりとため息をつく。

——と、同時に。

（やっぱり、まーちゃんってスゴイ）

改めて、我が兄の偉大さを実感するのであった。

灯台下暗し——のごとく、自分にとっては雅紀がいる日常というのが当たり前すぎて、人に言われなければそういうささやかな疑問すら気が付かないものなのかもしれない。

だが、雅紀が文化祭に来ることなどあり得ない願望でもある。

「えっ……と、たぶん、それは無理だと思う」

たぶん——ではなく、きっと——だろうが。

とたん。教室内がどよめいた。深々としたため息でもって。

「……だよなぁ」

「そうよねぇ」

ちょっとでも期待したあたしたちが、俺たちがバカでした。……と言わんばかりに。そんな

クラスメートたちに、

「篠宮の兄貴が来たりしたら、それこそ別の意味でパニックだろ」

桜坂が駄目押しをする。

(……だよね。最悪な展開になっちゃうかも)

胸の内で、ひっそりとつぶやく尚人であった。

あり得ないことではない。

仮に、大学の学園祭のスペシャル・ゲストとして呼ばれることはあっても――オファーされた時点で速攻で断るに違いないだろうが――たかが高校の文化祭に『MASAKI』が仕事としてくることなど万にひとつの可能性もないが。ただの篠宮雅紀としてプライベートに来るほうが、ある意味大パニックだろう。

それこそ、誰も予想できないビッグ・サプライズであるからだ。

あっという間に興奮ぎみのつぶやきが飛び交い、メールがそこら中で渦巻き、皆が一斉に浮き足立ち、我先にと走り出すのは想像に難くない。

それで事故が起こらないほうが、むしろ不思議だろう。

責任の取れないサプライズほど始末の悪いものはない。たとえ、それが本人の意図したことではないとしてもだ。

有名人であれば、予測されるリスクは避けるのが当然――である。

「お兄さん、来たくても来れないよね？」

「だって、カリスマ・モデルだし」

「マスクに眼鏡《めがね》で変装してたって、すぐにバレちゃいそう」

「つーか、そっちのほうがよけいにヤバイでしょ」

「モロ、変質者だよね」

ウンウンと、女子たちが頷《うなず》き合う。

「どこにいてもド派手目立ちだよな」

「体型からして、一般人とは違うもんな」

「やっぱ、パニックだって」

「暴走する奴が出るかもしれないし？」

「ミーハーな連中って自制心も恥もねーしな」

そうそう……と、男子もそこら中で同調する。

「チョー有名すぎるのも、なんか……不自由だよね」

「有名税ってやつ？」

「計画立てても自主規制？」

「人並みのお楽しみも満喫できないし」

「なんか……可哀相」

それはもう、しかたない。

――と、思う。

カリスマ・モデルの宿命である。できれば、尚人も一度くらいは見に来て欲しいなぁ……とは思うが。それこそ、無い物ねだりをするようなものだろう。

§§§§　§§§§　§§§§　§§§§

その夜。

篠宮家の夕食は久々に三兄弟揃っての団欒だった。

……と、いっても。男三人では賑やかしくもなりようがないが、二人の弟に比べれば文句なく健啖家《けんたんか》である雅紀がいるだけで尚人の気分は弾んだ。

今夜のメインは、サバの味噌煮《みそに》。

カリスマ・モデルには最高級の美食が似合いで、そういう庶民くさいものは論外。それはあくまで営業用のイメージであって、雅紀はごく普通の家庭料理が好きだ。

それは、専業主婦であった亡母が料理好きであったからかもしれない。本質的に、子どもの頃の味覚は大人になっても変わらないからだ。

食べ慣れた味が一番おいしい。尚人の手料理も、基本はそれだからだ。

どんな高級料理でも、味付けが口に合わなければ箸《はし》は進まない。それでいくと、尚人が作る味噌煮は絶品であった。

「ホント、うまい」

雅紀が惜しみなく顔を綻《ほころ》ばせると。

「そのサバ、おれが買ってきたやつ」

さりげなく、裕太《ゆうた》がアピールする。

買い物初心者の頃は『サバ』と『アジ』の違いもわからなかったが、今ではちゃんと鮮度のチェックも怠《おこた》らない。

「うん。裕太のおかげで俺もだいぶ楽。学校から帰ってきたらちゃんとご飯も炊《た》けてるから、おかずを作るのも余裕」

尚人が本音で言うと。裕太は上目遣いに尚人を見やって、ほうれん草のおひたしを摘《つま》んで口の中に放り込んだ。自分が主張する分には構わなくても、面と向かって褒《ほ》められるのは慣れていない裕太であった。

（照れちゃって。ホント、可愛いよな、裕太）

その照れ方すらもがちょっとヒネていて、なんだか内心笑えてしまう尚人であった。

本当に、こんなふうな団欒が持てるようになるとは、一年前には考えられなかった。それを思うだけで、尚人は胸がいっぱいになる。

家族の絆《きずな》が再生するまでの紆余曲折《うよきょくせつ》はあったが、今のこの団欒がすべてを帳消しにしてくれた。本当に、

【ささやかな幸せ】

その言葉がしみじみと実感できる尚人であった。

「ナオ、お代わり」

「はーい」

雅紀が差し出した茶碗にご飯をよそいながら、ふと思い出したように、尚人はＬＨＲの話をする。

「今日ね、クラスの女子に雅紀兄さんは文化祭に来ないのかって聞かれた」

すると。雅紀が口を開く前に、

「あり得ねーだろ、それ」

裕太が全否定した。

「裕太、おまえなぁ……」

「雅紀にーちゃん、どんなに地味な恰好《かっこう》してても目立ちまくりに決まってるし。絶対に一般人に擬態なんかできないって。文化祭潜入なんて、絶対に無理だろ」

しごく淡々と吐きまくる裕太に、他意はない。本当のことだからだ。たとえ、テレビの『ドッキリ企画』であってもすぐにバレるに決まっている。

ただ者じゃない存在感がダダ漏れなのは、カリスマ・モデルと呼ばれる今に限ったことではない。裕太が物心ついてから、ずっとだ。

七歳年上の雅紀は、常に頭上の鉄板であった。何をやっても勝てない——のではなく、端《はな》から勝負にもならない。そういう、沙也加《さやか》や尚人とは真逆のブラザー・コンプレックスが裕太にはあった。

昔の雅紀は絵に描いたような優等生タイプだったが、今はその優等生面をかなぐり捨てて尖りきった芯だけが残った。しかも、尚人への執着と独占欲丸出しなのを隠そうともしない確信犯だけに質《たち》が悪い。

冷然と悪辣《あくらつ》。雅紀を語る上で、そのキーワードは外せないが。よくも悪くも『超絶美形』という絶対的な目眩《めくら》ましがきいているので、誰もその本性までは見通せない。

それって、どうよ?

——的な不平不満も頭が煮えそうな憤りも、今は沈静化した。いや……黙殺することでしか平常心を保てないと自覚した。雅紀が尚人とセックスしていることは事実以外の何ものでもないからだ。それを容認することでしか家族の絆を保てないなら、そうするしかない。決断してしまえば、いっそあっさりと憑《つ》き物も落ちた。

一方、雅紀にしてみれば。頭ごなしに裕太に全否定されても反論できないのが、けっこう痛い。

自分が高校生だった頃は、学校のイベントもそれなりに充実していた。文化祭と体育祭は別名『卒業生の同窓会』などと言われるほどで、特に文化祭は部活のＯＢが揃い踏みである。

在校生の頃はそれがなにげにプレッシャーだったが、いざ卒業してみると、とたんに懐かしい青春の一ページになるから不思議だった。

とは、いえ。雅紀が母校のイベントに顔を出せたのは卒業後の一度きりだった。その頃にはもうスケジュール的に無理があったし、雅紀自身は尚人への気持ちを持て余して私生活は荒れていたからだ。

そんな自分を、かつての級友や部活の後輩たちにさらけ出すのはあまりに不様すぎて。代わりに、親友たちに誘われての飲み会には都合をつけて参加したが。

愚痴《ぐち》はこぼさなくても、それなりの捌《は》け口は必要だった。

「行きたいけど、まぁ、無理だろうなぁ」

裕太の言い分をすべて認めてしまうのは、なんだか癪《しゃく》に障るが。本音で残念がるしかない雅紀であった。よくも悪くも、自分が派手目の悪目立ちをすることは充分……嫌というほど自覚していたので。

たとえ、尚人に。

──来てね♡

満開の笑顔でおねだりされても。

──もちろん、行くさ。

そんな口約束すらできないのが、悔しすぎる雅紀であった。

(はぁぁ……………)

内心のため息が止まらない。

翔南高校の文化祭は、母校とは別の意味でド派手である。雅紀的には、尚人が翔南に進学しなければ別にどうでもいいことではあったが。昨年は、我が家の食卓の話題にすら上らなかった。だから、尚人が何をやったのかも知らない。

いっそ知らなければ、興味も関心も持たなくて済むからだ。あれこれ、よけいな気を揉《も》む必要もない。

だが、今年は違う。

雅紀が剣道部の演目として剣舞をやったDVDを二人で鑑賞して。

『まーちゃん、スゴイ』

『まーちゃん、綺麗《きれい》』

『まーちゃん、カッコいい』

興奮で顔を上気させた尚人に褒めそやされて、高校の文化祭の思い出が一気に甦《よみがえ》った。

けれど。ずいぶんご無沙汰の母校のそれよりも、まだ行ったことがない翔南高校の文化祭に惹《ひ》かれたのは、尚人のスクール・ライフを自分の目で実体験してみたかったからだ。

(和菓子喫茶って、どんな感じ?)

瀧芙ではクラス単位よりも部活優先だったので、教室で皆と何かをするという基本が新鮮だった。翔南は瀧芙と違って男女共学だから、そういう意味でもきっと華やかなことだろう。

(あー、クソ。行きてーな)

尚人がごく普通に皆と楽しんでいるところを、生で見たい。行けないと思うと、よけいに願望が募った。

行きたい。

見たい。

——知りたい。

それを思うだけで、なんだか身体がムズムズしてきた。

すると。

「なら。おれが、雅紀にーちゃんの代わりに見てきてやるよ」

裕太が言った。

「えっ?」

「はぁ?」

あまりに思いがけない提案に、尚人と雅紀がビックリ目を見開いてハモった。

「裕太が来るわけ?」

ある意味、唖然《あぜん》と。

「おまえが行くわけ?」

どちらかと言えば、呆然《ぼうぜん》と。

「そっ。文化祭って初めての経験だし。どんなモンか、それなりに興味もある」

嘘でも、その場凌《しの》ぎの思いつきでもない。

引きこもりからの脱却はなっても、いまだ不登校の裕太にはそういう学校イベントとは無縁だった。だから、よけいに興味を惹かれた。

——が。裕太の宣言に、尚人も雅紀もまだ半信半疑であった。

「ホントに、来るの?」

どういう心境の変化なのか。

「マジでか?」

あまりに突飛すぎて。

「なんだよ、二人して」

裕太が口を尖らせると。

「や……だから、その」

尚人はわずかに口ごもる。まさかの展開である。

（裕太、本気で来る気なのかな？）

なんだか、別の意味でドキドキした。学校には根強い拒否反応があるとばかり思っていたので、よけいに。

「俺が行けないのに、おまえが行くのかよ？」

雅紀はどんよりと漏らした。

（いきなり、やりすぎだろ）

ちょっとだけ、妬ける。

「だから、雅紀にーちゃんのために、おれが頑張ってるナオちゃんの写真をデジカメで撮ってきてやるってば」

裕太はもうすっかりその気だが。

それは——いかがなものか？

雅紀にしてみれば、どうにも納得がいかない。自分は行きたくても行けないのに、ついこの間まで引きこもりだった裕太に文化祭見物を堂々と宣言されて。

（それって、おまえ、反則だろ）

つい、愚痴ってしまいたくなる雅紀であった。

《＊＊＊葛藤＊＊＊》

篠宮慶輔《しのみやけいすけ》の退院の日。

公に発表もしていないのに、どこから情報が漏れたのか。病院の玄関前には朝から大勢のマスコミが張り付いていた。ある意味、それも予想の範疇《はんちゅう》と言えばそれに尽きたが。

日東《にっとう》スポーツに堂森《どうもり》の実家を訪問したことをスッパ抜かれてから慶輔の『退院Xデー』はすでに秒読み状態で、スポーツ紙と週刊誌はどこもかしこもその話題で持ちきりだった。もちろん、テレビのワイドショーでもそれが話題にならない日はなかった。

マスコミの取材合戦が加熱しても、さすがに病院内で堂々とカメラを構えているような連中はいなかったが、その日の慶輔の様子が各メディアに筒抜けになっているのも事実で。慶輔にしてみれば、視界の中の誰もかれもがマスコミのスパイのように思えてしょうがなかった。

実際、誰がそうなのかは知らないが、病院内には小遣い稼ぎで慶輔の情報を売る者が確実にいるということだ。あえてテレビは見ない慶輔であっても、それなりに耳に入ってくる噂《うわさ》は避けようがない。

無性に腹が立った。

病室を出ると、皆が慶輔の一挙一動を監視しているような気がしてならなかった。

ただの被害妄想ではない。

身体に突き刺さる視線が鬱陶《うっとう》しいのだ。あからさまなのだ。――痛いのだ。

自分は父親に刺されて死にかけた被害者なのに、同情も労《いたわ》りもない。

それどころか。身内からだけではなく、赤の他人……世間からも憎まれている。ただ嫌われているのでも疎まれているのでもなく、誰もかれもが自分を憎んでいる。そんな気がした。

謂《い》われのない偏見に腹が立つ。

自分を取り巻く理不尽に、憤りが止まらない。

看護師に付き添われて車椅子《いす》で病院の玄関を出ると同時にいきなりカメラのフラッシュが炸《さく》裂《れつ》し、待ち構えていたマスコミ陣に容赦のない質問を浴びせられた。

「篠宮さん、本当に記憶がないんですか?」

「そんなに都合よく過去を忘れるなんて、あり得ないでしょ」

「息子さんたちとの和解はあるんですか?」

「『MASAKI』さんは、なんと言ってるんですか?」

「真山《まやま》さんとは、どうなるんですか?」

「ウェブサイトでの真山さんの発言は嘘なんですか?」

「本当に実家に戻るつもりなんですか？」

「あなたのせいで実の父親の拓也《たくや》氏が亡くなったのに、そんなことが許されるんですか？」

「あまりにも非常識じゃないですか？」

「お母様はどんな心境だと思われますか？」

「そのことで実兄である明仁《あきひと》氏とも絶縁されたとの情報がありますが、それは事実ですか？」

「弟さんの智之《ともゆき》氏のご家族に、どう言い訳するつもりですか？」

眩《まぶ》しすぎるフラッシュは途切れない。

浴びせられる詰問は、すでに怒号に近い。

あー。

もう。

――うるさいッ！

（おまえら、何様のつもりだッ！）

どけ。

邪魔だッ。

消え失せろッ！

内心の罵倒《ばとう》が止まらない。

タクシーまでの距離が、ウンザリするほど遠い。

「どいてくださいッ」

「通してくださいッ」

「いいかげんにしてくださいッ」

遅々として進まないことに、看護師の声が苛立《いらだ》ちまじりに荒くなる。それでも、マスコミ陣の包囲網が緩むことはなかった。

犯罪者でもないのに、まるで凶悪犯のような扱いに頭が煮える。

いったい。

なぜ。

——こんな目に。

マスコミに対する恨み辛みが……止まらない。ひいては、兄である明仁への不平と不満が積もり積もって今にも爆発しそうだった。

退院が決まったら、こうなることはわかっていた。

だから、明仁に頼むつもりだった。退院時のマスコミ対応を。きちんとした場所と時間を指定して、コメントを読み上げてくれるだけでもいい。そうすれば、マスコミ陣のメンツも立つだろうし、修羅場も避けられる。

——のではないかと。

いや……。せめて、堂森まで付き添ってもらいたかった。

病院から出るまでは車椅子でも、家に着いたら自分の足で玄関まで歩いていかなければならないからだ。リハビリは順調だったとはいえ、バリアフリーではない実家にすぐさまリフォームを頼むわけにもいかなかった。

脳卒中の後遺症という、避けては通れない現実が重い。杖《つえ》なしでは、誰かの支えなしではまともに歩けないという事実に、これから先の人生を全否定されたような気がした。

ネガティブな悲観論ではない。

リアルな現実である。

(どうして、俺がこんな目に……)

もう、何百回となく繰り返してきた自問である。まともな答えが出たことはただの一度もなかったが。

頼みの綱である明仁は、電話をかけても出なかった。何度かけても、無視された。携帯電話の留守電に伝言を残しても、梨《なし》の礫《つぶて》だった。

なんで。どうして。もっと、親身になってくれないのか。

兄弟じゃないか。

なのに——どうして？

それを思うと、悔しくて。情けなくて。終《しま》いには、泣けてきた。実兄に拒絶されたという事実が思いのほか堪《こた》えた。

その果てに、今のこの現状がある。

「篠宮さんが実家に戻られるのは間違いないんですよね？」

「だったら、真山さんとの関係も清算済みということですか？」

「奥さんを自殺に追い込んでも構わない、運命の相手じゃないんですか？」

「真実の愛も、結局はただのまやかしですか？」

「そこらへん、どうなってるんですか？」

「銀流社《ぎんりゅうしゃ》との契約は有効なんですか？」

「篠宮さんッ！　答えてくださいッ」

何を言われても、どんなに糾弾《きゅうだん》されようと、何も覚えていないのだから答えようがない。反論したくても、反論できない。本当に、記憶にないからだ。

それを卑怯《ひきょう》だの鉄面皮だのと罵《ののし》られても、慶輔にはどうしようもなかった。

マスコミ陣がこぞって非難する事実を、慶輔は認められない。受け入れられない。信じたくない。

父親《拓也》は慶輔を刺したショックで死に、刺された慶輔はほぼ十年間の記憶を喪失した。刺されても死なず、その後に起きた脳内出血でも生き延びたことは確かに強運だったかもしれないが。

そのせいで日常生活に支障をきたす麻痺《まひ》が残り、記憶の欠片《かけら》もないことで周囲から責められることを思えば、むしろ、不運だと言える。

いや——悲惨な現実だった。

しかも、慶輔の味方はどこにもいない。

とりあえず、実家に戻ることを認めてくれた母親ですらもがそのことで明仁と一悶着あったらしいことを思えば、慶輔の先行きは不安だらけである。

これから……どうなる？

この先……どうすればいい？

喪ってしまった記憶の代償。赤の他人すらもがそれを知っているのに、自分だけが知らない——不公平。

だからといって、その十年間がギッシリ詰まっているらしい『ボーダー』を開いて読む気にはならない。

そこに書いてあることを知ってしまったら、その事実を受け入れてしまったら、取り返しのつかないことになってしまいそうで——怖い。

そう、恐いのだ。知ってしまったら、それが唯一無二の現実になってしまいそうで。それこそ、本当の意味でどん詰まりになってしまう。

自分のプライベートを赤裸々に語っておきながら、今更何を……。人は、そう言って嘲笑するかもしれない。だが、そこに何が書かれてあるにせよ、それは今の慶輔が未経験の十年間なのだ。

【おまえは本当に最低最悪のクソ親父だった】

慶輔が覚えていなくても、それは皆が知っていることだと明仁は言う。明仁だけが、そう言って慶輔を責める。

兄弟だからこその苦言?

諫言《かんげん》?

——違う。

結果論として、慶輔が父親を死なせたことへの意趣返しに違いない。

あれこれ理屈を並べ立てて売れない書道家であり続ける長男に、なんだかんだ言いつつも父親は甘かった。だから、内心、明仁は慶輔を許せないのだろう。

自分の記憶にないことをあげつらって容赦なく責め立てられるのは、不愉快と言うよりは理不尽だった。

しかし。そういう身内の問題を赤の他人にまでしつこく糾弾されるのは言語道断どころか不条理とすら思える慶輔だった。

どうして、みんな、放っておいてくれないのか。

いっそ、何もかも投げ捨ててしまいたくなる。

慶輔は事件の被害者である。その事実を、どうしてマスコミは無視するのか。

同情してくれとは言わない。ただ、しつこく付きまとわないで欲しい。それだけのことが、どうしてわからないのか。

うるさい。

――ウルサイッ。

――――五月蠅《うるさ》いッ！

内心で喚《わめ》き散らしながら、慶輔はグッと下唇を噛んだ。

タクシーに乗るまでの、たった数メートルの距離が遠い。

とにかく。一分一秒でも早く、堂森の実家に戻りたい。炸裂するフラッシュと怒号まじりの詰問が身体に突き刺さる狂騒から逃げだしたくてたまらない慶輔であった。

§§§§§　　§§§§§　　§§§§§　　§§§§§

そのとき。

真山千里《ちさと》は。

病院内の窓越し、身じろぎもせずに見ていた。病院外の喧噪《けんそう》……いや狂騒を。愛《いと》しい男を、そうやって、ただ見ていることしかできなかった。

車椅子に乗った慶輔がマスコミ陣に取り囲まれて揉みくちゃにされるのを見ているのは、辛い。辛すぎた。

本当ならば、あの車椅子を押しているのは看護師ではなく千里のはずだった。

千里なら、慶輔に負担をかけずにタクシー乗り場まで誘導できた。

――はずだ。

自分ならば、しつこくまとわりつくマスコミをもっと上手《うま》くあしらえた。

――きっと。

あー……もどかしい。こんなところで、ただじっと見ているだけなんて。

(あたしなら、もっと上手くできるのに)

自分ならば。

――あたしだったら。

(慶輔さんを晒《さら》し者になんてさせない)

最愛の人を、マスコミの餌食《えじき》にさせたりしない。そんなことは――させない。

そのためのプランもあったのに……。

自信もあったのに……。

(どうして?)

自分はこんなところから慶輔を見送る羽目になってしまったのだろう。

(いったい、なぜ?)

――こんなことに。

どこで、間違えてしまったのか。

慶輔になんの相談もなく、断りもなく、銀流社のウェブサイトで慶輔の現状を発信してしまったからなのか?

(だって、しょうがないじゃない。みんなが寄ってたかって、慶輔さんを貶めようとするんだもの)

慶輔を護《まも》れるのは、自分しかいないのだ。世間の不条理から愛する人を護ることが、千里の義務だった。

慶輔は怒らなかった。ただ……困惑げに視線を逸らせただけだった。

「あなたにそんなことまでさせてしまって……申し訳ない」

違う。

そうじゃない。

そんなことを言ってほしかったのではない。

「だから、これ以上はもう……けっこうですから、真山さん」

慶輔は他人行儀だった。千里のことを『真山さん』もしくは『あなた』と呼んだ。いつも硬い口調で。

以前のように『千里』とは呼んでくれない。それは、千里が、今の慶輔の記憶の中には存在しない女だからだ。

今は——しかたがない。

そう思った。慶輔を混乱させたくなかったからだ。千里にとっての最優先は、慶輔の体調がよくなることだった。

そうすれば、慶輔も、千里のことをきちんと考えられる余裕が生まれる。

けれど。日々が過ぎても、慶輔との距離は縮まらなかった。千里がどんなに尽くしても、慶輔はどこまでも他人行儀だった。

目には見えない壁がある。

慶輔の中には、まだ『妻』と『子どもたち』へのこだわりがあるからだ。

出会う前の千里は赤の他人だが、今の慶輔にとって『家族』と呼べるのは彼らだけ。だが、それは、過去の亡霊にすぎない。

なくした記憶の中にしか存在しない『家族』に必死でしがみつこうとしているのは、はたから見れば不様を通り越して滑稽《こっけい》ですらある。

けれど、笑えない。

本当に、少しも笑えない。失ったモノがあまりに大きすぎて。

慶輔が不自由な身体になっても、千里との生活が記憶からすべて消え去ってしまっても、自分たちの人生設計……真実の愛のストーリーは不変であったはずだ。

また、一から始めればいい。

記憶はデリートされても、また真実の恋に落ちればいい。自分たちにはそれができるはずだ。そう信じていた。

なのに。

――どうして？

慶輔が『篠宮慶輔』であり、千里が『真山千里』である限り、固く結ばれた愛の絆は揺らがない。そう思っていた。

しかし。慶輔は過去の亡霊に囚《とら》われたまま、千里を避ける。これからの生活について話がしたいのに、言葉を濁して千里から目を逸らす。千里には、それが納得できない。

混乱した頭と気持ちが落ち着くまで、焦らずに待てばいいと思っていた。慶輔にはもう頼るべき人間は千里しかいないのだから。焦ることはないと思っていた。

――が。慶輔が千里に一言の相談もなく堂森の実家を訪ねたことで、状況は一変してしまった。慶輔が退院後に暮らしたいと思っているのは千里ではなく、捨てたはずの身内であると知ったからだ。

嘘でしょ？

本気なの？

それって……あり得ないから。

千里がそう思うのだから、世間はもっと驚いただろう。誰がどう見ても暴挙である。それだけは絶対にあり得ない選択だからだ。

なのに。それが罷《まか》り通ってしまう――驚愕《きょうがく》。皆が皆、呆然絶句だった。

母性愛の真髄《しんずい》なのか。

それとも、母性愛という名の暴走なのか。

世間の判断は賛否両論である。だが、唯一一致しているのは、この状態で慶輔を選んだ母親は、もはや身内からも絶縁されてしまうだろうという厳しい現実だった。

違う。

――違う。

そうじゃない。

その役割は、本来、千里が担うべきものだった。その覚悟も、その資格も、その権利も、千里にはある。千里こそが、慶輔の運命の相手なのだから。慶輔がそれを認め、千里自身もそう自負していたのに……。

【不倫相手の家庭を壊し、妻を自殺に追い込んでも平然としている悪女】

【人の不幸の上に胡座《あぐら》をかいている魔性の女】

世間が、マスコミが押しつけた不本意な肩書きの代償に甘んじていたのも、真実の愛――という揺らがない想い、確固たる証《あかし》があったからだ。

なのに、奪われてしまった。母親という名の呪縛に。

囚われてしまった、血の絆に。

以前の慶輔が一番忌《い》み嫌っていたはずの『血縁』というシガラミに、慶輔は自らどっぷり嵌り込んでしまったのだ。

言葉にならない――衝撃だった。

その選択だけはあり得ないと思っていたのに、十年間の記憶を喪失したとたんに何もかもがリセットされてしまった。最悪の展開に。

――ショックだった。

『妻』と『子どもたち』という過去の亡霊よりも、母性愛の呪縛に負けた。その事実を突きつけられて、愕然とした。

嫌よ。

嘘よ。

――駄目よ。

千里が慶輔と結婚しないことで、子どもを産まないことで得たはずの至高の愛であった。よけいなシガラミのない、純粋に二人だけの絆で構築された世界。二人にとってはパーフェクトな愛の形だった。

慶輔の『妻』にも『子どもたち』にも勝った。なのに、最後の土壇場で、まったく眼中にもなかった『母親』に負けてしまったのだ。不測の事態に、不変であるはずの世界が揺らいでしまった。

違うでしょ。

おかしいでしょ。

だって——こんなはずじゃなかった。

マスコミに揉みくちゃにされる慶輔の背中が人波に埋もれてしまうと、千里は、不意に自分の足下までもが激しくグラついてしまったような気がした。

§§§　　§§§　　§§§　　§§§

真山瑞希《みずき》は、三階にある入居者専用の食堂で昼食を食べ終わると、部屋に戻る前に一階の売店に寄って、いつものようにスポーツ紙をあるだけ買った。

「瑞希ちゃん、今日も大漁だねぇ」

すっかり顔馴染《なじ》みになってしまった売店のおばちゃんが笑う。

十代の少女が、漫画雑誌ではなく中年親父と同じようにスポーツ紙を買っていく。しかも、何紙もの大量買い。

普通ならば、それって、ちょっと変……だと思うところだが。ここは、どこかしら心にストレスを抱えた者たちが入院しているクリニックであるためか、彼女はその理由を詮索《せんさく》しようともしなかった。

瑞希はニコリともせずに代金を払う。それも、いつものことだったが。

単に無愛想というより、一連の事件からこっち、瑞希は笑い方を忘れてしまった。作り笑いすら、できない。頬《ほお》が、唇が、強ばりついてしまうからだ。

それでも、生きてはいける。

——なんのために？

その理由付けを自問することもやめた。ネガティブに思考がループするだけだからだ。

持ち帰ったスポーツ紙をベッドの上に広げ、瑞希は一紙ごとにチェックを入れた。スポーツにもギャンブルにもエロにもまったく興味はない。関心があるのは、たったひとつ。だから、読む記事はいつも決まっていた。『篠宮慶輔』関連の情報であった。

基本、病室にはテレビが常備されておらず、入院患者はテレビが見たいときには各階の談話室に出向くか一階のロビーに行く。

それだって、モーニングショーや昼のワイドショーは限られた時間の中で様々な情報を垂れ流しにするだけだから、瑞希はじっくり新聞を読むことにした。そこに書かれてあることが真実だとは限らないが、情報量が多いことに越したことはない。

新聞を読もうと思えるくらいには、以前よりも心の負担が軽くなった。

――からではない。

姉である千里のことが心配だったからだ。

人のことを心配する暇があったら、まず、自分のことを一番に考えろ。たぶん、千里だったらそう言うだろうが。瑞希は、本気で千里のことが心配だったのだ。

前回、千里がやってきたとき。千里は言った。慶輔が退院したら、また一緒に住むつもりだと。ごく自然に、なんのためらいもない口調で。千里にとって、それは疑いようもない決定事項だった。

なのに。テレビでは、まったく別のことを言っていた。

慶輔が実家と和解して、退院したら母親と一緒に住むつもりではないかと。

普通に考えて、それは絶対にあり得ないだろうと瑞希は思ったが。妻を自殺に追いやっても平然としている男の思考回路はすでにフツーではないのだから、もしかしたら、そういう選択もありなのかもしれないと思い直した。

(だって、自分の子どもをドン底の困窮生活に叩《たた》き落としておいて、愛人の妹にはお嬢様学校に通わせるような人だもの)

それを思って、瑞希は自嘲する。

慶輔のおかげでなんの不自由もなく、それを疑問に思うこともなく学校生活を楽しんでいた瑞希が、そんなことを言う資格も権利もないのかもしれないが。

(なんで、そんなことを平然とできたのか。あたしには理解できない)

そんな男を一途に愛して献身を捧《ささ》げる千里が……悲しい。

金と宗教は人を変える。世間ではよく言われることだが、誰かを愛することで人が変質するのも確かなことだ。瑞希の目には、千里は愛情という迷宮に嵌って抜け出せなくなっているように見える。

人の不幸の上に築かれた偽善的な幸せ。

それを思い返すたびに尚人の怒りに染まった険しい顔つきと激しい罵倒が甦って、今でも瑞希の心はズクズクになる。

ここに来て、以前よりはずっとマシになったが、胸の奥底に突き刺さった毒針は決して抜けることはないだろう。

それは。

【あんたはもう、何も知らない赤の他人じゃない。俺たちを不幸のドン底に叩き落とした加害者の一人だ】

あの日。尚人に叩き付けられた言葉の重さに打ちのめされたからだ。

何も知らないという、無知。

知ろうともしなかった、傲慢《ごうまん》。

他人の不幸の上に胡座をかいていただけの、厚顔。

それは、瑞希の心をズタズタに引き裂いた。切り裂かれた心は、どんなに時間が経っても元には戻らない。

【あんたって、ホント、人の痛みがわからないサイテーの奴だよな】

ただ罵倒されるよりも、痛すぎて辛すぎる言葉である。

あのとき。瑞希は自分の人格を全否定されたような気がして、頭の芯がグラグラになった。

今も、いったい自分が言ったことの何があんなにも彼を激昂《げっこう》させてしまったのか……よくわからない。

ただ、このクリニックに来てひとつだけわかったことがある。

——なんで?

——どうして?

——わかってくれないのか。

そんなふうに自分を正当化して誰かを非難している限り、心の痛みは決して消えないということだ。

痛すぎる真実も。

辛すぎる現実も。

真摯《しんし》に受け入れることでしか、自分を見つめ返せない。そのことに、ようやく気付いた。いや……気付かされた。

親代わりである姉の幸せを、今でも心の底から願っている。けれど。その姉の幸せは尚人たちを不幸にして手に入れたモノだ。知ってしまった事実を、今更なかったことにはしてしまえない。

不都合な真実に目を背けてまで、千里の幸せは願えない。それは、ただの偽善だからだ。アンビバレンツな気持ちに、どうしようもなく心が揺らぐ。かといって、何をどうすればいいのか——わからない。

千里は今でも、慶輔を献身的に支えている。それは、間違いない。

千里の一番は、慶輔であるからだ。

なのに。その献身ぶりはまったく評価されていない。むしろ、はたから見ればその言動は恋愛中毒症のエゴ丸出しで嫌悪感さえ抱かせた。

スポーツ紙を見る限り、千里が語る信念と世間の認識とは大きな齟齬《ズレ》がある。その最たるものが、デカデカと赤見出しになっていた。

【慶輔氏、重すぎる愛からの逃避行】

【欠落した記憶とともに運命の愛も散った】

【最後の選択の明暗】

【愛人と実母の代理戦争勃発か】

見出しの切り口は様々だが、謂わんとするところは皆同じだ。

篠宮慶輔は記憶を喪失したことで、脳味噌に蛆《うじ》が湧《わ》いたようなバカップル劇から降板することができた。しかし、慶輔が実家に戻れば兄弟間の骨肉の争いは激化するだろう。公然と恥をかかされた愛人の動向も不気味。慶輔を巡る相剋《そうこく》劇の第二幕からますます目が離せない。

要約すれば、そのような記事になる。

マスコミは、そうやって大衆を煽《あお》るだけ煽る。次の大きな事件が世間を騒がせるまで。つまりは、そういうことだろう。

千里は、慶輔の実母の母性愛に負けた。どの記事にも、そう書いてある。

重すぎる真実の愛も、究極の母性愛には勝てなかった——と。

その行間には皮肉と嘲《あざけ》りと失笑が付きまとっている。そんなふうに思えてしまうのは、瑞希の穿《うが》った見方だろうか。

だが。記事の内容がどうであれ、結果的に慶輔が千里を選ばなかったことで、瑞希はかえってホッとした。千里が退院後も慶輔と暮らすなら、瑞希には帰る家がなくなったも同然だからだ。

千里は瑞希の体調がよくなったら、当然、また三人で暮らすのだと思っている。なんの疑問もなくそう思っていることに、瑞希はゾッとした。

だから、あえて聞いてみた。

「ねぇ、お姉ちゃん。もしも、あたしかあの人、どっちか一人としか暮らせないとしたら、お姉ちゃんはどっちを選ぶ?」

千里は一瞬目を瞠り、そして、唇の端で小さく笑った。

「や一ね、瑞希。もしも、なんてないわよ。慶輔さんはあたしの一番大事な人で、瑞希はあたしの大事な可愛い妹だもの。どっちかなんて、選べないでしょ? だから、また、三人で一緒に仲良く暮らせばいいのよ」

こんなことになる前まで、瑞希は、物事の主導権を握っているのは慶輔であって、千里はただ『運命の相手』という恋愛妄想に引き摺《ず》られているだけなのだと思っていた。

だが——違った。

慶輔との恋愛にズッポリ強依存しているのは千里だった。

だから。慶輔が千里ではなく実母を選んでくれて、本当によかったと思う。体調が完全に戻ったら、昔のように姉妹二人だけで静かに暮らしたい。

高校生活に未練はない。それ以前に、ずっと休学をしていた瑞希の学籍はとっくになくなっているだろうが。

これからは千里と二人で、ただ静かに暮らしたいと願わずにはいられない瑞希であった。

《＊＊＊兄弟＊＊＊》

父親《智之》の病状は思わしくない。それにつれて、零《れい》たち家族を取り巻く環境は様々な意味でますます重苦しくなった。

鬱《うつ》病という言葉は、今どき珍しくもなくなってしまったが。ただ言葉だけの認識と実際にそういう症状の人間が身近にいるのとでは、家族の負担は雲泥の差だった。

智之《ともゆき》が鬱になった経緯が経緯だからだろうか。家の中の空気が、とてつもなく重いのだ。窓を開けて換気をすれば、居座った頑固な塊が掻《か》き回されて霧散するわけではなかった。

ただ澱《よど》んでいるのではなく、シンシンと降り積もる雪がその重みで家を圧迫する。そんな感じがした。

そのうち、分厚い重みで家が軋《きし》んで押し潰《つぶ》されてしまうのではないか。そういう不安が去らなかった。

零は自分が虚弱体質であったから、発熱して寝込むたびに両親にいつも心配をかけてしまうことが、子ども心に嫌で嫌でたまらなかった。零のせいで家族のイベントが突然中止になってしまったりするのが、心苦しかった。

そんなとき、父親が、

「零、キツイか？　大丈夫。お父さんが早くよくなるようにお呪《まじな》いをしてやるから」

そう言って。大きな手で、いつも頭を優しく撫《な》でてくれた。

それは定番の『痛いのもキツイのも、飛んでけ〜ッ』だったり。何かよくわからない調子外れの即興的な歌だったりした。それで急に熱が退いたり、苦しいのが楽になったりしたわけではないが。身体が辛《つら》いときに、父親がそうやって元気づけてくれるだけで嬉《うれ》しかった。母親が寝ずに看病してくれるのとは別に、父親にちゃんと見守られていることで安心感が増した。

その父親が今、食事も満足にできなくて、睡眠薬を服用しなければ眠れないほどに衰弱している。慶輔《けいすけ》に『空気が読めないラグビー馬鹿』などと扱《こ》き下ろされた筋肉質な身体も、ごっそり肉が落ちてしまった。

頬《ほお》がこけ、顎《あご》は尖《とが》り、唇はかさついて色を失い、目からは生気がなくなった。人が、そこまで変われるものなのかと。零にとっては、ある意味衝撃だった。

そんな父親の変わり果てた姿を見ているしかない自分が、なんの役にも立てない自分が、とてつもなく無力に思えた。

変な話。これが手術で回復するような病気だったら、まだマシのような気がした。

『大丈夫』

『俺達がついてるから』

『だから、頑張って』

そんなふうにかける言葉だってあるはずなのに、今の父親にはそんな励ましすらもがストレスになってしまうのかと思ったら、何をどうすればいいのか……わからない。

それが、辛い。

苦しい。

——重い。

心配でたまらないのに、何も吐き出せない状況が重すぎて……痛い。

そんな、ある日。

零が学校から帰ってきて。いつものように、洗濯物を取り込むために三階のベランダに向かったとき。なぜか、そこに父親《智之》がいて、零は思わずギョッとした。

智之は裸足《はだし》で、そこに突っ立ったまま微動だにしなかった。

いったい、いつから、そこにいるのか。零には見当もつかない。

いつものように、父親は自室のベッドの中だとばかり思っていた。それを、疑いもしなかった。だから、よけいに愕然《がくぜん》とした。

なんで？

……なんで？

…………なんで？

（どうして、そんなトコにいるんだよ？）

あってはならないことだが、瞬間、最悪な考えが零の頭を過《よ》ぎった。

もしかして、智之がベランダから飛び降り自殺でもしようとしていたのではないかと思ったら、ドクドクになった鼓動が喉元《のど》まで迫《せ》り上がって心臓がバクバクになった。

高さが問題なのではない。いつもはいるはずのないところに智之が立っていることが問題だった。ベランダの手すりを前にして微動だにしない智之の背中が、ただひたすら恐かった。

「……父さん？」

喉に絡んだ声を振り絞って、ぎくしゃくと声をかける。

返事はなかった。

振り返りもしなかった。

零の声が聞こえているのかどうかも、わからない。

「――父さん？」

もう一度、呼びかける。

それでも、智之の背中は硬いままだった。

「ただいま。零だけど」

やはり、返事はない。

零は、そっと歩み寄った。

「裸足のままじゃ、冷たいだろ?」

声をかけて智之の左腕をゆっくりと摑《つか》んだ。

「そんなとこにいたら、風邪を引くよ?」

それでも、智之は身じろぎひとつしなかった。

「ほら。部屋に戻ろう。……父さん」

ゆっくりと。

ことさら、ゆっくりと。

零は摑んだ腕にゆっくりと力を込めて、ベランダから智之を引き剝《は》がす。

「腹、へってない?　何か食う?　それとも、何か飲む?」

声をかけながら、慎重に階段を降りる。

「インスタントのスープなら、すぐに出来るよ?」

何かしゃべっていないと不安だった。

バクバクになった胸の動悸《どうき》が摑んだ腕を通して智之に伝わってしまうのではないかとも思ったが、それよりも何より、ただ一歩一歩と階段を降りる足下すらも心許《こころもと》なかった。

無言のまま何も語ろうとしない智之を一階の寝室まで連れ戻って、ベッドに寝かせた。

智之は為すがままだった。その智之に毛布と上掛けをしっかり掛けて、零はひっそりとした足取りで部屋を出ると静かにドアを閉めた。

——とたん。張り詰めた気が抜けるように膝《ひざ》がガクガクになった。

ドアノブを握りしめたまま、零はその場にへたり込んだ。

瞬間、いきなり嗚咽《おえつ》が込み上げてきて。零は声を嚙《か》んで泣いた。

なんだかもう、わけもわからず……泣けてきた。ただ無性に泣けて、泣けてしまって。涙も鼻水も止まらなくなった。

それから、キッチンに行った。冷蔵庫からミネラルウォーターのボトルを摑んで、そのままラッパ飲みした。

グラスに注《つ》ぐ気持ちの余裕もなかった。

ゴクゴクと、一気に飲んだ。口の端から水が溢《あふ》れても、気にならなかった。とにかく、喉が渇いてしょうがなかった。

飲むだけ飲んで濡《ぬ》れた唇と顎を手の甲で拭《ぬぐ》うと、ため息が出た。とてつもなく重かった。重くて。

……凝《しこ》って。

零は、そのままテーブルに突っ伏した。

一時間後。母親が帰ってきた。

「ゴメンね、零、遅くなって。お腹すいたでしょ？　お総菜買ってきたから」

バタバタと夕食の準備をしはじめる麻子《あさこ》に、零は重い口を開いた。

「――母さん」

「ン？　何、どうしたの？」

「学校から帰ってきたとき、父さんがベランダに立ってた」

「……え？」

思わず手を止めて、まじまじと麻子が零を凝視する。

「いつからいたのか知らないけど。声かけても身じろぎもしなかった」

そのときの感覚が今更のように思い出されて。

「スゲー、恐かった」

本音がダダ漏《も》れた。

それだけで零が言わんとすることを察して、麻子は椅子《いす》にドッと座り込んだ。

束の間、二人とも黙り込んだ。その沈黙が痛いくらいに重かった。

「……ゴメンね」

麻子がボソリと漏らした。

何が『ゴメン』なのか、よくわからなくて。零は返す言葉に詰まる。

麻子が帰ってくるまで、なんだか不安でしょうがなかった。あれから、何度も智之の様子を見に行った。薄暗い部屋の中で、ベッドでこんもりと盛り上がった塊は動く気配もなかった。

（……大丈夫）

とりあえず、ホッとして。そして、胃がキュッと引き攣《つ》れた。

あんな思いは二度としたくない。

あんな父親の姿は、二度と見たくない。

智之が何を思ってベランダに立っていたのか。それは、わからない。

聞けもしなかった。いや……問いかける勇気も根性もなかった。——怖くて。

けれど、つい、最悪のことを想像してしまう。今の智之が普通ではないからだ。

重度の鬱になると、そういう衝動に駆られてしまうことがあるらしいと。知識として聞きかじっていることを、リアルに直面した衝撃は半端なく重かった。

そんな。

まさか。

——ウソだろ？

自分の父親に限って。

そんなことは。

——あり得ない。

めいっぱい否定して。否定しきれなくて。ただ……呆然《ぼうぜん》とした。

単に、零の思い込みかもしれない。そうであってほしいとは思うが、それがただの気休めにもならない現実に直結しているような気がした。

そして。もしかしたら、今日が初めてではないかもしれないと思うと、それだけでゾッとしてしまった。

麻子が家にいないとき。

零が学校に行っているとき。

もしかしたら、今回と同じことがあったのではないか？

違うッ——と、否定できない疑念で頭が弾けてしまいそうだった。

これまで、零たち家族にとって『死』は遠かった。両方の祖父母は健在だったし、どちらの親族からも誰かが亡くなったという知らせはなかった。

だから、奈津子《なつこ》伯母が自殺したと聞いても、どこか今ひとつピンとこなかった。すでに疎遠になっていたし、実際に葬儀に参加したわけではないからだ。

しかし。篠宮《しのみや》の祖父が突然死したことで『死』はいきなり身近なものになった。

祖父に刺されても慶輔が死ななかったのは、ただ運がよかっただけのことだろう。その強運の対価が身体の麻痺《まひ》だけではなく十年分の記憶障害なのだとしたら、自業自得の悪運と言うしかない。

だが。その悪運のトバッチリで智之まで失ってしまうのではないかと思うと、いきなり背筋が冷えた。

死は、連鎖する？

――あり得ない。

きっぱりと否定できない。その疑念が消えない。だから、麻子に、『大丈夫よ』

湧《わ》き上がる不安を打ち消してほしかったが、麻子の口から漏れたのは重々しいため息だけだった。

なし崩しに壊れていく日常。

止めたくても、止まらない。ドン底へと滑り落ちていくのに、その止め方がわからない。

それが、今日、一瞬フリーズしてしまったような気がした。

ベランダに立っている智之を見たとき、生まれて初めて、真剣に恐いと感じた。心臓を鷲掴《わしづか》みにされた感覚が消えない。その恐怖は、ジワジワと滲《にじ》み出てくるばかりで止めようとしても止まらなかった。

悪性バクテリアのように、心を侵食し続ける。

結局、晩飯は喉を通らなかった。零にしてみればあまりにショックが大きすぎて、空腹感すら感じなかった。

自室に戻ると疲労感が一気に押し寄せてきて、零は制服のままベッドに突っ伏した。

なんだか、頭の芯《しん》がグラグラした。身体ごとベッドが揺れているような気がして、どんよりと目を開ける。

それで、ただの錯覚だと気付く。

「はぁぁぁ〜〜〜」

ため息が尾を引いた。

とたん。なぜだか、不意に尚人《なおと》の顔が思い浮かんだ。

【零君が話したいなら、聞くよ?】

尚人の生声が聞こえた。都合のよすぎる幻聴だったかもしれない。

そしたら、もう、尚人の声が聴きたくてたまらなくなった。ガバリと起き上がって、鞄《かばん》の中から携帯電話を取り出す。

七回目のコールで、尚人が出た。

『もしもし? 零君?』

スッキリと落ち着いたトーンで名前を呼ばれると、頭の中のモヤモヤが霧散した。ただの錯覚でも構わないと思えた。

「……こんばんは」

一声目が出ると、なんだか気分まで少しだけ軽くなったような気がした。

「今、大丈夫?」

『うん。晩飯の後片付けが終わって、部屋に戻ってきたとこ』

「そうなんだ？」

そう、なのだ。尚人は篠宮家の家事マイスターである。

翔南《しょうなん》高校という超進学校に通っているのに、料理も洗濯もなんでも一人でこなす。――らしい。それに比べると、いまだに昼食の弁当も母親任せの自分が情けない。

麻子の負担を減らしたい願望はあっても実行が伴わなければただの甘ったれにすぎないことを痛感して、またもやネガティブな思考に引き摺《ず》られそうになった。

『どうしたの？』

「あー……うん。ちょっと、尚君の声が聴きたくなって」

考えるよりも先に、本音がこぼれた。

耳元で、尚人がクスリと笑う気配がした。

とたん。なんだか妙に気恥ずかしくなって。

「や……だから、その……別に変な意味じゃないから」

モゴモゴと一気に歯切れが悪くなった。

『うん。俺に何か話したいことがあるんでしょ？』

耳触りのいい、柔らかな口調だった。まろやかで……優しい。ささくれた気持ちをほぐしてくれる不思議な効果があった。

『いいよ?』

基本、尚人は聞き上手なのだと思う。

いいよ?　——と言われると、つい、胸の底に溜《た》まった不安をすべてブチまけてしまいそうになる。

けれど。零は尚人を愚痴《ぐち》のサンドバッグにしたいわけではなかった。ただ……家の中の空気が重くて、閉塞《へいそく》感に喘《あえ》ぐ前にガス抜きがしたかったのは事実だ。自分が独りではないことを再確認したかっただけなのかもしれない。

(言い訳がましいよな)

つい、口の端で自嘲《じちょう》して。

「翔南高校の文化祭って、いつ?」

今の季節、同じ高校生として、会話のきっかけとしてはそれが一番無難なような気がした。

§§§§　§§§§　§§§§　§§§§

尚人は携帯電話を耳に当てたまま。

（いきなり、なんで文化祭？）

ほんの少しだけ小首を傾《かし》げる。

たぶん、零が電話をかけてきた理由はそんなことではないだろう。

（もしかして、家で何かあったのかも）

察しはつく。零の家庭事情は、このあいだしっかり聞いてしまったから。だからといって、尚人にできることはほとんど何もなかったが。

雅紀《まさき》も言っていたが、家族の問題は家族で乗り越えていくしかないのだ。それは口でいうほど簡単なことではないことを、尚人は身に沁《し》みて知っている。

「一般開放日は十一月の十二日。零君とこは？」

言ってから、零の通っている高校の名前も知らないことに気付く。

（俺って、けっこうマヌケかも……）

それが、今の零との距離感と言ってしまえばそれに尽きた。だが。一見して無駄話に近い会話が、今の零には必要なのかもしれないと思った。

『俺のとこは五日。なんだ、一週間違いか』

零の高校は県外だからかもしれない。

「こっちの高校はほとんど日にちが被《かぶ》ってるけど、零君とこもそんな感じ？」

公立校は体育祭も文化祭も、だいたいみんな被っている。尚人は別に他所《よそ》の高校のイベントにまで興味があるわけではないから、同日開催でもまったく気にならないが、そうでない者も確かにいるらしい。それは、何も彼女持ちに限ったことではないらしいが。

『……たぶん。で？　尚君のクラスは何をやるわけ？』

「和菓子喫茶」

『マジ？　けっこう渋いね。つーか、珍しいんじゃない？』

たいてい、皆、同じ反応である。

文化祭の喫茶の定番と言えば、普通はコスプレかメイドか執事だろう——と、雅紀にも言われた。それで、なんで和菓子なんだ？　……と問われて、クラスメートの実家が和菓子店だからと答えると、皆すんなりと納得してしまうのであった。

「そういう零君は？」

『無難に小物雑貨』

(無難なんだ？)

飲食系と違って、売れ残っても腐る心配がないからだろうか。中野《なかの》や山下《やました》たちは、打ち上げ費用を稼ぐ気マンマンだったが。

「へぇー。じゃあ、ノルマとかあるわけ？」

『そういうのが好きな女子がいるから、おまかせ』

「そうなんだ？」

やはり、そこらへんのノリは学校によって違うらしい。

それから、ひとしきり高校の文化祭の話で盛り上がったところで。いきなり、零がボソリと言った。

『あのさ、尚君。俺……翔南の文化祭に行ってもいいかな？』

まさか、零がそんなことまで言い出すとは思わなかった。

（もしかして、零君、煮詰まってるのかな）

思っても、口にはしない。頼まれてもいないのによけいなアドバイスを買って出るほど、尚人はお節介ではない。どこかで一線を引いておかなければケジメがなくなるからだ。

「零君がいいなら、俺は構わないけど。時間的に大丈夫？」

一応、零は県外である。

『大丈夫。大丈夫。着いたら、一番に尚君とこの和菓子を食いに行く』

零のトーンも一気に弾んだ。

――と。

『兄ちゃんッ』

いきなり、声がした。

（…って、瑛《あきら》君？）

二人の会話に突然割り込んできた呼びかけには、なぜか、怒声に近い含みを感じた。

とたん。

『あ……じゃあ、尚君。ありがとう。またね?』

零の口調が微妙に変質した。

「うん。じゃあ、また」

尚人が言うと、零からの電話は切れた。

(なんか、瑛君の声がしたら、いきなり零君のテンションが下がったような気がしたけど)

それが、気掛かりと言えば気掛かりな尚人であった。

§§§§　§§§§§　§§§§§　§§§§§

そのとき。

いつものように。

部活から戻って来た瑛が遅めの晩飯を一人で食べて二階に上がってきたとき、零の部屋から笑い声がした。

思わず、ドキリとした。

我が家から笑い声が失せて、どれくらいになるだろう。いや……。笑い声どころか、まともな家族の会話すらない。

——なのに。

(何やってんだよ、兄ちゃん)

とっさに足が止まった。

パソコンで動画でも見ているのか？

それとも、ＤＶＤ？

とにかく。あの零が声を上げて笑うなんて、フツーじゃない。

気になって、そっとドアを開ける。

なんかデジャブ……どころではない。零の部屋を二度もこっそり覗《のぞ》き見なんて、どうしちゃったんだ俺……的な自虐《じぎゃく》すら覚えた。

零は携帯電話中だった。そのパターンすらも前回と同じだと思うと、半ば無意識に眉根《まゆね》が寄った。

「へぇー、それって、なんか超ウケる」

肩を揺らして、零が笑う。

条件反射のごとく、瑛はカッとした。

(また、尚人《あいつ》かよ？)

間違いない。

日常的にツルむ友人などいない零が携帯電話で楽しそうに会話できる相手なんて、尚人しか思いつかなかった。

だから。

どうして。

――尚人なのか。

(俺とは話もしないくせに)

なぜ。

よりにもよって。

――尚人でなくてはならないのか。

それを思うと、ますますムカついた。自分に対して……いや、今のこの惨状の元凶が尚人の父親――慶輔であることを思えば、家族に対する酷《ひど》い裏切りにも思えた。

(それって、あり得ねーだろ)

零が何を考えているのか、わからない。

兄弟の間で会話すら、いや、登校時間も下校時間も違う零とはこのところ顔を合わせることさえまれだ。この家では、皆がバラバラの擦《す》れ違いになってしまった。

その元凶である男の息子と、楽しそうに会話ができる零の気持ちが理解できない。神経が、わからない。

ムラムラと込み上げるものがあった。

このあいだ、零の後ろ姿を覗き見たときとは違う苛立《いらだ》たしさだった。

「あのさ、尚君。俺、翔南の文化祭に行ってもいいかな？」

零がそれを口にしたとき。頭のどこかで、何かがブチッと切れたような気がした。

「大丈夫。大丈夫。着いたら、一番に尚君とこの和菓子を食いに行く」

零の声がほんのり甘い。

（なんだよ、それぇッ）

零が『尚君』と呼びかけるたびに、瑛の気持ちはドス黒くささくれた。

なんでだよ？

違うだろッ？

そうじゃねーだろッ！

込み上げる不快感に我慢ができなくなって。

「兄ちゃんッ」

怒鳴った。

零が振り向く。驚きに目を瞠《みは》って。なんでおまえがそこにいるんだよ？　——とばかりに眉根を寄せた。

ある意味、いつもの見慣れた顔つきだった。瑛が何かをやって、それが零の気にそぐわないときに見せる、あの表情。

言葉にせずに、目で責める。部活で喧嘩《けんか》をして自宅謹慎になったときも、そうだった。

――何やってんだよ、おまえ。

――バッカじゃねーの？

――どういうつもり？

そういう目つきをしていた。

今も、きつい目で瑛を見据《みす》えたままなのに、

「あ……じゃあ、尚君。ありがとう、またね？」

口調だけは柔らかい。

だが。通話をOFFにした、とたん。

「おまえ、何をやってるわけ？」

零のトーンは一変した。

そのギャップに、どうしようもなくイライラした。

「何、じゃねーよ。そっちこそ、コソコソ何をやってんだよ」

零は答えなかった。

それは、やましさの表れだと思った。

「あいつは、父さんを……ウチをメチャクチャにした奴の息子だぞ。なのに、仲よさげに電話なんかして……。兄ちゃん、何考えてんだよ?」

抑えようにも抑えきれない鬱憤が込み上げてきて、声が尖る。

先日、明仁《あきひと》伯父から電話がかかってきたとき。母親は、いつもとはまるで別人のようにヒステリックに喚《わめ》き散らしていた。

父親が寝室で引きこもっているのも忘れてしまったかのように、慶輔を、そして祖母を悪《あ》し様《ざま》に罵《ののし》っていた。

【どうして、あんな真似《まね》ができるのか】

【非常識にもほどがある】

【絶対に許さない】

【堂森《どうもり》とは絶縁する】

そんなことを、だ。

零だって、知っているはずだ。

なのに。尚人とコソコソと連絡を取り合っている。

「それって、変だろ?　おかしいだろ。どうかしてるだろ」

それこそ、家族に対しての裏切り行為だ。許せるはずがない。

しかし。瑛に一方的に責められて、詰《なじ》られても、零は表情すら変えなかった。

（俺が誰と何を話そうと、おまえには関係ないだろ。ていうか、盗み聞きしてんじゃねーよ）

それを口にするのは簡単だったが、すっかり頭に血が上っているらしい瑛を更に激怒させるのは零の本意ではなかった。

瑛にとって、諸悪の根源である慶輔に繋《つな》がるものはすべて敵なのだ。人間関係がぎくしゃくして、何もかもうまくいかなくなって、殴り合いをしても気が晴れるどころかストレスは溜まるばかりで、吐き出したくても吐き出せない怒りで頭がパンクしそうになっている。

ムカつく。

イラつく。

腹が立つ。

頭が煮える。

自分の責任ではないところですべてが破壊されていく――怖さ。それゆえの、どうしようもない激憤。

――わかる。

怒りの沸点とその温度差は違っても、それは零も同じだからだ。

瑛は、たぶん、零に同調してほしいのだ。周りが敵だらけで誰もその理不尽さを理解してくれないから、せめて、兄弟で同じ痛みを分かち合いたい。そう思っているのかもしれない。

（それって、違うから）

学校に行って、部活をして、帰ってきたら無言で飯を食って寝るだけ。部活で暴力事件を起こしてから、瑛は母親とも零とも視線を合わせない。母親が心配して声をかけても、ろくに返事もしない。

はっきり言って、零は、可哀相な自分しか眼中にない瑛の捌《は》け口になりたいとは思わなかった。そんな心の余裕がない。けっこう冷めている……どころか、メチャクチャ冷たい人間かもしれない。

それでも。

零は選んでしまった。瑛と傷を舐《な》め合うことよりも、尚人と話すことで自分は無力であっても独りではないと感じることを。誰かに八つ当たりをせずにはいられない、虚しさ。それに気付いてしまったから。

瑛には話せないことも、尚人には素直に吐露できる。それは、尚人がドン底を経験してなお揺らがない強さと優しさを兼ね備えているからだ。

自分のほうが年上なのに、人生の経験値が違う。それをまざまざと実感させられたからだ。

尚人には見栄を張る必要もなければ、無駄にカッコをつけなくてもいい。弱い自分を素直にさらけ出せる。ありのままの自分でいられるという安心感があった。

それは、尖りきった瑛とでは分かち合えない安らぎであった。

電話で話をするだけでいいのだ。

今の零にとっては、そういう些細《ささい》な繋がりが必要だった。手放せない、喪《うしな》えない、たったひとつの拠《よ》り所《どころ》だった。

瑛には、そういう零の気持ちは理解できないだろう。瑛にとって尚人はただの従兄弟《いとこ》ではなく、憎むべき慶輔の息子なのだから。

「俺が尚君と電話してるのが、気にくわないわけ?」

「そうだよ。だって、おかしいだろ」

瑛の言う『変』の基準からして、零のそれとは大きな齟齬《そご》がある。

「何が?」

「あいつが、あのクソヤローの息子だからに決まってンだろッ」

なんで、それがわかんねーんだよッ!

——とばかりに、瑛が目を剝《む》く。

「相手が尚君じゃなくて雅紀さんでも、おまえはそんなことが言えるわけ?」

とたん。瑛はウッと言葉を詰まらせた。

そんなことは、考えてもいなかった。頭の隅にもなかった。

瑛たち兄弟にとって、すべてにおいて雅紀は別格だったからだ。

従兄弟という括《くく》りですらない。そんなもので雅紀を語ることすら不遜《ふそん》であった。

「雅紀さんにいろいろ相談にのってもらってるって言えば、おまえは納得できるわけ?」

瑛は零を睨《にら》む。

雅紀相手に暴言は吐けなくても、尚人をクソミソに扱き下ろすことはできる。その理由付けを問われても返す言葉がなかった。

正論しか口にしない零が——嫌いだ。だから、尖りきった視線で零を睨むことしかできなかった。

そして、どうやっても理屈では零に勝てない……いや、兄弟喧嘩にすらならないと悟って。

「そんな、たら・ればの話をして俺を丸め込もうとしても無駄だからなッ」

捨て台詞《ぜりふ》を叩《たた》き付けて、ドアを閉めた。

なんだよ。

……なんだよ。

………なんだよッ。

(俺をバカにしてんのかッ?)

クソ。

……クソッ。

………クソーッ。

(兄ちゃんのバカヤローッ!)

義憤に駆られながら、瑛はドカドカと足を踏み鳴らして自分の部屋に入っていった。

《＊＊＊宣戦布告＊＊＊》

土曜日の午後。

空はスッキリと爽快《そうかい》だった。

このところ、買い物がない日は市立図書館に行って本を読んだり借りたりすることが多くなった裕太《ゆうた》が、本を返却しに行って家に戻ってくると。門扉の前に人がいた。

(……誰？)

ブルージーンズに、灰色のパーカー。靴はナイキのロゴが入ったスニーカー。スッキリとした短髪の後ろ姿は男性のそれだった。遠目に見ても、体格がいいのがわかる。

(何してるわけ？)

『雅紀《まさき》』と書いて『絶対守護者』と読ませる。それはもはや世間の常識であって、その効果は絶大である。無神経なマスコミ関係が家の前で屯《たむろ》することはない。

——が。見知らぬ他人が門扉の前で我が家を凝視しているのは、決して気持ちのいいものではない。

裕太が眉をひそめて自転車を止めると、それに気付いて男が振り向いた。雅紀よりは目線が低いが、背はかなり高い。

（こいつ……。智之《ともゆき》叔父さんとこの下の息子……だよな）

確か、名前は——瑛《あきら》であった。顔を見たのは、祖父の葬儀のとき以来だ。他の篠宮《しのみや》の親戚など、ろくに顔も名前も覚えてはいないが。零《れい》と瑛の兄弟は別だ。その二人が久々に顔を合わせた従兄弟だからではない。

たぶん、尚人《なおと》に因縁を吹っかけたに違いない奴——だからだ。当然、印象は悪い。

（なんの用？）

ただ意味もなくフラフラと、ここまでやって来たわけではないだろう。

先日、零が尚人に急接近してきたばかりである。

（兄貴の次は弟かよ？）

そう思うと、心証は更に悪くなった。

十年間近くも音信不通だったのだから、尚人のように気安く名前を呼ぶ気にもならない。そういう裕太の気持ちが顔に表れていたからか。それとも、尚人だけではなく裕太に対しても含むものがあるのか。瑛も、裕太に負けず劣らずの仏頂面だった。

と、いうより。まるで品定めのように凝視されて、裕太は不快になった。

（ケンカ売ってんのか、こいつ）

それを思いつつ。

「人ン家《ち》の前で、何やってんだよ？」

いつまでも睨み合っていてもキリがないので、裕太が口火を切った。

「兄ちゃん、いる？」

ふてぶてしさ全開の、ぶっきらぼうな問いかけだった。確か尚人よりも年下のはずだが、声のトーンはずっと低かった。

——どっちの？

一瞬、それを思って。まさか、雅紀を名指しするわけもないだろうと。

「ナオちゃんなら、まだ学校だけど？」

とりあえず、答える。まるっきりの見知らぬ他人ではないし、それくらいなら害はないだろうと思って。

そんな裕太の言葉に、ふと、瑛は思い出す。

（そういや、こいつ。弟のくせに兄貴《あいつ》を『ちゃん』付けだったよな）

雅紀《長兄》のことはきちんと『雅紀にーちゃん』と呼ぶくせに、尚人《次兄》のことは生意気そうに『ナオちゃん』呼ばわりだった。裕太にとって、二歳の年齢差などあってないようなものなのだろう。

当然、一歳違いの瑛などタメ口の呼び捨てだった。

そんな記憶までもが甦《よみがえ》ってきて、瑛は渋い顔になった。

あの頃。瑛は幼稚園児だったが、けっこう裕太のことは覚えていた。年下のくせに、それはもうクソ生意気なガキだったからだ。

雅紀は当時から超絶美形だったので忘れようにも忘れられないくらいのインパクトがあったから、当然、記憶鮮明であった。その代わり、尚人がどういう顔だったか、まったく覚えていなくて。祖父の葬儀で逆にビックリした。あんな女みたいに生っちょろい顔だったっけ？……みたいな。零も細身だが、尚人は更に細くて薄かった。

それよりも何より、不登校の引きこもりの裕太が予想に反してものすごく生意気そうな顔をしていたことに、篠宮の親族たちは皆愕然としていたが。不思議と、瑛は驚きが少なかった。なぜなら。あの頃、やたらとライバル心剝き出しだった裕太のことは、雅紀と同じくらいには記憶に刻み込まれていたからだ。

（ホントに、こいつは生意気なガキだったよな）

いつでも、どこでも、なんでも瑛と張り合おうとして、何かと目障りだった。

篠宮の従兄弟の中では裕太が一番年下だったから、祖父母にも特に可愛《かわい》がられていた。それが、幼稚園児の瑛にもわかるほどだった。

だから、裕太だけには負けたくなかった。あらゆる意味で。

零は虚弱児で問題外だったし、雅紀にベッタリひっついているしか取り柄のない尚人は論外だし、唯一の女の子である沙也加《さやか》は別の意味で怖すぎて近寄りたくもなかった。

祖父の葬儀のときは遠目にしか見ていなかった裕太を真っ正面から凝視することで、記憶はより鮮明になった。よくも悪くも。

（なんか……ムカつく）

先日。零と喧嘩――いや喧嘩にもならなかった胸くそ悪さが、ぶり返してきて。裕太を見ていると、よけいに不愉快になった。

慶輔《けいすけ》のせいで、父親《智之》は壊れた。

なのに、今度は尚人のせいで零との仲までぎくしゃくしてしまった。

千束《ちづか》の奴らはどいつもこいつも最悪。そうとしか思えなかった。

瑛は決してブラコンではないが、こんなときだからこそ零には味方であってほしかった。

兄弟って、支え合うものではないのか?

家族って、そういうものだろう。

学校でも部活でもうまくいかなくなって、何もかもが嫌になる。なのに、零はそんな瑛の苦しさももどかしさも無視してコソコソと尚人と文化祭の話なんかをしているのが、どうにもムカついてしょうがなかった。

ほかの奴なら、別に構わない。零が、誰とどんな話をしていようが。

でも――尚人は駄目だ。そんなの、当たり前だろう。

雅紀が相手でも、同じことだ。駄目に決まっている。

このあいだはカッカしているときにいきなり問い詰められたから返事に詰まったが、冷静に考えれば、はっきりと言える。千束の従兄弟たちとは付き合うべきではない。この先も、ずっと。慶輔が父親である事実は無視できないからだ。

だから。どうしても言っておきたかった。電話ではなく、ちゃんと尚人の顔を見て言いたかった。

よけいなことをすんじゃねーよッ——と。

自分と零の間に亀裂《きれつ》を入れるなッ——と。

言うべきことをちゃんと言葉にしないと、誰もその痛みをわかってくれない。部活で喧嘩沙汰《ざた》になったときの、それが瑛の教訓である。

ただ我慢をするのにも限界がある。

だから、尚人にもきっちり宣言する——つもりで千束までやって来た瑛だったが。目当ての尚人よりも先に予定外の裕太と出くわしてしまった。

土曜休みのはずなのに、尚人が学校に行っているなんて思わなかった。やはり、超進学校だからだろうか。

従兄弟の中では一番地味で印象にも残っていなかった尚人が、自分よりははるかに格上。それを思うと、なんだか今更のようにイラッときた。

そんな尚人と零が自分に隠れて連絡を取り合っているのがムカつく。それが刷り込みになっているからか、尚人への嫌悪感が消えない。

瑛のターゲットは、あくまで尚人だった。

しかし。その前に裕太と言葉を交わしてしまったことで、何か——違和感を覚えた。

祖父の葬儀のときには雅紀に強制連行されただけで、裕太はいまだに不登校の引きこもりだとばかり思っていた。

なのに。いかにも新車です……ばりにキラキラ輝くフレッシュグリーンの自転車に乗っている裕太を見て。

(……ウソだろ?)

まず、面喰らった。

(なんで?)

どういうことか、理解しかねた。

いや——そうではなく。

祖父の葬儀以降、自分たち家族はドン底で喘いでいるのに、千束の家では祖父の死がひとつのケジメになったことを見せつけられたような気がした。

あれだけしつこくマスコミに追い回されても、雅紀はそのプレッシャーに屈したりしない。

それどころか、弟たちを護るという信念を有言実行して眩《まぶ》しいほどのオーラを放っている。

母親が自殺してから、どういう経緯で千束の家を離れているのかは知らないが、大学生になった沙也加は母方の祖父母の家でなんの不自由なく暮らしている。

自転車通学の男子高校生ばかりを狙《ねら》った暴行事件の被害者になっても、尚人は超進学校の落ちこぼれにはならない。

そして。祖父の死をきっかけに、裕太までもが引きこもりからの脱却を始めたらしい。

――なんでだよ?

――どうしてなんだよ?

自分たちはドン底なのに。明日も見えないのに。どうして、諸悪の根源である慶輔の息子たちは……従兄妹弟たちは揃《そろ》いも揃って前へと踏み出せるのか。

不公平だ。

理不尽だ。

そんなことは許し難い差別だ。

瑛はますます憤る。憤激せずにはいられない。

従兄妹弟たちが自分たちと同じように不幸のままなら、まだよかった。安心できた。自分たちだけが最悪なのではないという、惨《みじ》めな気休めであったとしても。

「おまえら、ウチの家族をぶっ壊しといて、あんまりいい気になるなよ。兄ちゃんはどうでも、俺は絶対におまえらのこと許さねーから」

どうやっても憤激が消えずに、いや……本命はあくまで尚人であったはずなのに、引きこもりではなくなってしまったらしい裕太と出くわしてしまったことでますます怒りが増して。瑛は、つい喧嘩腰になった。

とたん。裕太は眦《まなじり》を吊《つ》り上げた。

「はぁッ？　なぁに、難癖つけてやがんだよ、おまえ。わざわざ、そんなことを言いに来たわけ？　バッカじゃねーの？」

思いっきり、吐き捨てる。

火葬場で尚人といったいどういうやり取りがあったのかは知らないが、今度は裕太が売られた喧嘩である。おとなしく引き下がるつもりなどなかった。

尚人は零に同情的だが、裕太は違う。昔はどうでも――裕太にはそこらへんの記憶は曖昧《あいまい》だが――ずっと音信不通だったのだから、従兄弟と言っても赤の他人も同然である。

篠宮の家を捨てて一人だけ逃げ出した沙也加ですら、裕太の中ではすでに切り捨てた存在である。まったく眼中にもなかった従兄弟など、更にどうでもよかった。

父親が不倫をして家族を捨ててから、裕太の周りは皆が敵になった。兄姉すらもが裕太を理解してくれなかった。不登校の引きこもりになって、更に裕太は孤独になった。

すべてから隔絶した世間に閉じこもって真実を見ようともしなかった。

だから、スキャンダラスに垂れ流される興味本位の視線にも悪意にも、バッシングすらもが他人事《ひとごと》だった。どうでもよかったからだ。ちっぽけなプライドを護るために現実を無視していれば、これ以上自分が傷つかないで済むと思っていたからだ。

けれど。それは、ただの甘ったれにすぎなかった。そう、気付かされた。

それを知るために、何年もかかった。

他人から見ればバカ丸出しに見えるかもしれないが、裕太にとってはそれは無駄な歳月ではなかった。今の境遇を誰かのせいにしても現実は何も変わらない。それは、すべて自己責任であることを知ることができたからだ。

智之叔父の家庭が今どういう状況なのか。それを知っても、

『だから、何?』

それが本音だった。

智之が祖父の死に責任を感じてドツボに嵌《はま》ろうが、それで家族がドン底の気分になろうが、零が何もできない無力を嘆こうが、瑛がブチ切れて暴力沙汰に走ろうが、それは智之叔父の家庭の問題でしかない。他人があれこれ口を挟《はさ》む権利もないし、挟んだからと言ってどうにかなるわけでもない。

実際、それは裕太たちが実体験してきたことだからだ。

乗り越えられるか。

潰れてしまうか。

それは、誰にもわからない。当事者である家族であってもだ。

あーだのこーだの言えるのは、それが過去になってしまってからのことだ。リアルに直面しているときには、その判断が、決断が、何をどうもたらすのかもわからない。

一度壊れてしまった関係を修復して再構築するのは容易なことではない。雅紀ですらもが、ある意味、自己放棄していた。そんな中で、尚人だけが見捨てなかった。だからこそ、自分たちは兄弟の絆《きずな》を再生できた。家族として、やり直すことができた。たとえ、それが世間の常識から逸脱《いつだつ》しているとしてもだ。

自分たちが納得できていれば、その関係性が歪《いびつ》であろうがねじ曲がっていようが、そんなことは問題ではない。

自分たちにとって何が一番大切なのか。その優先順位である。

そんな裕太だからこそ、わかることもある。

瑛が今のドン底を裕太たちのせいにして、自分たちの不幸を恨んで誰かに八つ当たりしたくなる気持ちが、そうせずにはいられない切迫感が――理解できる。本当に、不本意極まりないことだが。こういうのを、もしかしたら近親憎悪というのかもしれない。

だからといって、それが容認できるかと言えば話はまったく別物である。裕太たちは何年もの時間をかけて、自分たちの最善に辿《たど》り着いた。

それを、たった二ヶ月程度のドン底生活でヤケクソになっているバカ野郎にあれこれ言われたくない。裕太こそ、零には、

『安易に他力本願なんかするんじゃねーよッ！』

——と言いたい。

人間、辛いことや苦しいことを体験した者のほうが他人に優しくできる。そんなのは、ただの嘘っぱちである。偽善である。そう思うくらいには充分、性格がねじ曲がっている自分が裕太は嫌いではない。

自分は、どうやったって自分以外の者にはなれないからだ。

売られた喧嘩はきっちり買って倍返し。そこまで露骨になれなくても、裕太は黙って殴られてやるつもりはなかった。

「自分が不幸なのを人のせいにして八つ当たりすんじゃねーよ」

八つ当たりと決めつけられて、瑛は気色ばむ。

「何もかも、おまえの親父のせいだろうがッ」

口にせずにはいられない。

「だから？　なんだよ。あいつはとっくに赤の他人なんだよ。おれたちに、なんの関係があるわけ？」

いっそ思いっきり開き直られて、逆に、瑛は言葉に詰まる。

昔は、気に入らないことを言われたらキャンキャン吼《ほ》えて口で言い負かそうとするのが裕太の得意パターンだった。瑛には、そのイメージしかなかった。

だが。上目遣いに瑛を見据える目は半端なくきつくても、それ、、、だけだった。その顔に、ふと、零が重なって見えた。

ハッとした。

ドキリとした。

悔しさが込み上げた。自分だけが空回りをしているようで。

「どけよ。邪魔」

何か言い返そうとしても、何を言えばいいのかわからなくて。歯噛みする。

「邪魔ッ」

更に睨《ね》め付けられて。瑛は、ぎくしゃくと道を譲った。年下の裕太に、体格でははるかに劣る裕太に、眼力勝負で負けた。

——悔しい。

忌々《いまいま》しい。

ものすごく腹立たしくて、こめかみの血管がドクドクと疼《うず》いた。

裕太はそれっきり振り返りもせずに門扉を開けると、自転車を摑んで中に入った。

一人取り残されて、瑛は奥歯を軋らせた。

クソ。

なんで。

視界が——灼《や》けた。

——俺がッ。

敗北感で鼓動がブレた。

どうして。

こんな。

——惨めったらしい思いをしなければならないのか。

言うべきことを叩き付けてやれば、少なくとも気が晴れる。

——はずであった。

なのに。裕太にはそれが通じなかった。逆に、やりこめられてしまった。

こんなはずじゃない。

こんなのは、違う。

いったいなんのために、わざわざ千束までやって来たのか。絶対に、こんな思いをするためではない。

それなのに——どうして。捨て台詞のひとつも吐けずに、奥歯を軋らせているのか。それを思うと、頭も胸もグツグツ煮える瑛であった。

§§§§§　§§§§§　§§§§§　§§§§§

午後二時過ぎ。

尚人が学校から戻ってくると、裕太はダイニング・キッチンにいた。

「ただいまぁ」

「おかえり」

帰ってきて、裕太に『おかえり』と言ってもらえることが、単純に嬉しい。そんなことでささやかな幸せを感じられるようになったことが、尚人は嬉しくてたまらない。

二階の自室ではなく裕太がキッチンにいるということは、空腹だからに違いない。

「腹へっただろ？　チャーハンでいい？」

実のところ、尚人も腹ぺこである。とりあえずブレザーだけ脱いでエプロンをつけると、冷蔵庫から材料を取り出し、慣れた手つきでチャーハンを作る。

リズム感のある包丁捌《さば》きといい、フライパンに卵を流し込んで掻《か》き回す音すらもが美味《うま》さを引き出すエッセンスである。

雅紀が言うところの。

【ナオの手料理を食い慣れたら、外食をする気がしなくなる】だの。

【できれば、ナオの弁当持参で仕事に行きたい気分】

——だの。

お世辞ではない本音がダダ漏れるのは、嬉しい。作り甲斐《がい》があるというものだ。むろん、裕太と二人きりのときも尚人が手を抜くことはなかったが。

そうやって、尚人が出来上がったチャーハンを皿に盛り分けてテーブルに並べると、スプーンと冷茶の入ったグラスの準備はできていた。

やはり、裕太も空腹なのは間違いなさそうだ。いつもなら、

「いただきます」

口の端でボソリと漏らすと、あとは黙々と食べるだけの裕太が。

「最近、あいつから電話あンの？」

珍しく言った。

裕太の言う『あいつ』が零であることは、間違いない。

正直、驚いた。何かと零には批判的な裕太が、まさか、そういう話題を自分から振ってくるとは思わなかったからだ。

「零君？」

「そう」

「こないだ、電話があった。ついでに、文化祭の話で盛り上がった」

別に、隠しておくようなことでもない。

「ふーん」

「あっちは翔南と一週間違いらしくて。零君、ウチの文化祭に来るつもりみたい」

——と。適当に相槌《あいづち》を打っていただけの裕太が、露骨に顔をしかめた。

「はぁ？　なんで？」

ある意味、予想通りに。

どちらにせよ、零が来る話は事前にするつもりだった。裕太も来る気マンマンなのはわかっていたし。もしかしたら、零と鉢合わせをしてしまう可能性がまったくないわけではないからだ。いきなりでは、さすがにマズイだろう。

「たぶん、零君には息抜きが必要なんだと思う」

それ以外、県外に住んでいる零がわざわざ翔南の文化祭を見に来る理由が見当たらない。

「わざわざ、こっちまで息抜きに来る必要ないじゃん」

裕太はブスリと口を尖らせる。

（そっか。だから、あいつ、ナオちゃんに会いに……つーか、難癖つけに来やがったんだ？）

瑛がなぜ、いきなり千束までやってきたのか。その理由が、ようやく納得できたような気がした。

瑛は、零が尚人と急接近することが不快なのだろう。その逆も、またしかりだが。

(あいつも、もしかして、けっこうなブラコンだったりするわけ?)

とてもそうは見えないが、他所様の兄弟事情まではわからない。

失踪《しっそう》人だって七年経てば死亡宣告が出る。それで言えば、慶輔はとっくに赤の他人である。

裕太たち兄弟にとって、慶輔は、あちこちで毒気を撒《ま》き散らす疫病神以外の何ものでもないが。瑛にしてみれば、裕太たちの常識が通用しないのだろう。

零には尚人が今の状況を打破するための非常口になり得ても、瑛には憎悪を掻き立てるだけの仮想敵なのだ。その敵と親密になることが、瑛にはどうしても許せないに違いない。

そこに思い至ると。

(ふざけンなよ)

今更のように、怒りがぶり返した。

零と瑛の間で、どんな軋轢《あつれき》があるのかは知らない。知りたくもない。

不毛だからだ。

自分たちには関係のないことだからだ。

(兄弟喧嘩のトバッチリにおれたちを巻き込むなっつーんだよ)

ただでさえ、零は突然自分たちの生活に割り込んできた異物なのだから。

裕太的には零の急接近は不快なだけだったが、瑛の出現により、それは不快極まる怒りへとスライドした。

だが。今日のことを、尚人にブチまける気にはなれなかった。

なぜなら。節度ある距離感で零に関わっていくという尚人の意思は固いからだ。

ただの同情ではない。お為ごかしの偽善でもない。自己満足のお節介《ボランティア》でもない。傷の舐め合いですらない純粋な厚意――である。

野上《のがみ》という最悪な前例を知っているからこその懸念はあっても、尚人が決めたことならばしかたがない。そう思えるからだ。

尚人には尚人の。

雅紀には雅紀の。

そして、裕太には裕太なりの考えがある。実害を被《こうむ》らない限り、それは尊重されるべきだと思っているからだ。

そんな裕太に。

「リフレッシュのやり方は、人それぞれでいいんじゃないかな」

さりげなく、きっぱりと言いきる尚人であった。

頑張りすぎないテキトーさ。今の零に必要なのは、そういうことなのだと思った。

§§§§　　§§§§　　§§§§　　§§§§

深夜の帰宅だった。

灯りの消えた家の中は、どこもかしこもひっそりと静まり返っていた。今更のように雅紀《まさき》が腕時計を見ると、午前二時を過ぎていた。

さすがに、尚人《なおと》も寝てしまったらしい。

(まぁ、当然かもな)

明日が——すでに今日になってしまったが——休日であっても、毎日の習慣で朝はきっちり五時には目が覚めてしまうらしい尚人は、どんなに遅くなっても午前一時には寝てしまう。

その代わり、夕食の後片付けが終わってからの勉強タイムの集中力は半端ではない。ただダラダラやっても意味がないというより、尚人ひとりが家事をこなしていた篠宮《しのみや》家の家庭事情があまりにも悪化していたから、必然的にそうならざるを得なかっただけなのだろうが。

それを思うと、本当に尚人の忍耐強さには頭が下がる。

裏を返せば。尚人にとって、学校生活とは息抜きの場所——言ってしまえば悪環境である家庭とは別世界、ストレスを感じさせない安息地であったのだろう。

だが、今は違う。

そう、信じたい。

雅紀も、裕太《ゆうた》も――変わった。以前のように、尚人の重荷ではなくなった。

そう、信じている。

心の底から、それを願っている。たった三人だけの家族になってしまったが、以前とは比べようもないほどに絆《きずな》は強くなったと。

だから、だろうか。仕事を終えて家に帰ってきて、

『おかえりなさい』

尚人の笑顔が出迎えてくれるのとそうでないのとでは、疲れのダメージも雲泥の差がある。なので、なるべく日付が変わらないうちに帰宅したいと思っているのだが、そうそう都合よくはいかない。

とりあえず。ひとつため息を落として、雅紀はそのまま尚人の部屋に向かった。

尚人の『おかえりなさい』は聞けなくても、帰ってきたら一番に『ただいま』と言いたい。

雅紀にとって、今はこの家が正真正銘の安息地であるからだ。

静かにドアを開けて中に入る。保安球《オレンジ灯》が付いただけの室内は暗いが、いつもスッキリと片付いている部屋には雅紀の歩みを妨げる物などひとつもない。

――と、いうより。何かといえば二階にある自室よりも広々としたこの部屋に入り浸ることが多い雅紀にしてみれば、慣れた足取りだった。

いったん寝入ってしまえば、尚人は寝息も立てないくらいに熟睡してしまう。雅紀がベッド

の端に浅く腰掛けても、ピクリともしない。それを熟知しているからこそ、雅紀も、むしろ遠慮もなくベッドサイドの読書灯をＯＮにすることができるのだが。

せっかく尚人の寝顔を見に来たのだから、暗闇で顔も見えないのでは意味がない。身勝手なこじつけであっても、別に構わなかった。それが、雅紀の本音だからだ。

「ただいま、ナオ」

口元をやんわりと和らげて、雅紀はつぶやく。

ベッドは広いのに、尚人はいつも右端に寄って寝る。枕《まくら》に半分顔を埋めるように、わずかに身体を丸めて。

愛情の足りない子どもほど寝姿は胎児形を取ると、聞いたことがある。起きているときは気丈に振る舞っていても、意識の薄れた状態では淋《さび》しいと思う気持ちが自然に表れるのだと。

統計的に見てという話であって、それが真実かどうかもわからない。

——ホントかよ？

そう思いながらも、尚人がそうやって寝ているのを実際に見てしまうと、なんだか切なくなってしまう。

不倫が発覚して慶輔《けいすけ》が家を出て行ったとき、雅紀は怒りと憤りが身体中に渦巻いていても、淋しさなどは一度も感じたことがなかった。だが、尚人と裕太はまだ小学生だった。

家庭が壊れたことで、裕太はメチャクチャに荒れた。そうやって感情を吐き出すことで心のバランスを取っていたのだと、今ならわかる。だが、当時は、そんな余裕もなかった。

家族みんなが我慢をしているのに、どうして、裕太にはそれができないのかと思うと。本当に腹が立って、感情のままに喚《わめ》き散らす末弟を殴りつけてやりたい衝動に駆られたことも一度や二度ではなかった。

そんな裕太を目の当たりにしていたからか、尚人は、ことさらに『手のかからないいい子』でなければならないと思い込んでしまったのだろう。

家族のために、自分がどうあるべきか。

文句を言わない。

——言えない。

言いたいことがあっても、我慢して。

——呑《の》み込んで。

そうして、いつしか感情すらもが吐き出せなくなってしまったに違いない。

自分を押し殺して。

家族の顔色を窺《うかが》って。

——無理に笑顔を作る。

あの頃。尚人への想いを……情欲すら覚えて葛藤《かっとう》に藻掻《もが》いていた雅紀は、そんな尚人に苛立《いらだ》たしささえ覚えた。自分がこれほどまでに苦悩しているのに、いつまでも『いい子』であり続ける尚人が、無垢《むく》な顔で自分を慕ってくる弟に、裕太に対する腹立たしさとは別の意味で我慢がならなかった。

その果てに、泥酔して尚人を強姦《ごうかん》してしまった。その後も肉体関係を強要することで、尚人を更に萎縮させてしまった。

身勝手な、エゴ丸出し。

最低……サイアク。

今、思うと。本当に、その頃の自分をシバキ倒してやりたくなる。

自分ではいっぱしの大人のつもりだったのだが、本当は裕太と大して変わりない子ども《駄々っ子》だったのだと思う。

【あったことはなかったことにはできない】

その言葉が、心底、身に沁《し》みる。

過ちは別の形で償うことはできても、過去は消せない。

雅紀も、沙也加《さやか》も、裕太も、慶輔の不倫をきっかけにみんなどこかが歪《ゆが》んでしまった。その中で、唯一けなげに踏ん張っていた尚人を雅紀は最悪の形で踏みにじってしまったのだ。

それは、一生消えない傷跡だ。尚人にとっては、もちろん。雅紀にとっても。

今更、懺悔《ざんげ》をするつもりもないが。だからこそ、雅紀はこの先、尚人を大切に護《まも》っていきたいと思う。何があっても、誰を敵に回しても、たとえ世間から爪弾《つまはじ》きにされても。

掴《つか》んだ手は、放さない。

――離せない。

二度と、喪《うしな》えない。

――失わない。

雅紀にとって、ただひとつの因《よすが》であるからだ。

あれもこれもそれも、尚人のすべてを束縛することでしか実感できなかった。無垢な身体に快感を植え付け、快感を暴き、じっくりと愉悦を刷り込んでいった。

――ナオは、これを弄《いじ》られるのが好きだろう？

――ほら、トロトロになってきた。

淫《みだ》らな熱を込めて。

――ホントに嫌なら、触られただけで乳首を尖《とが》らせたりしない。

――俺に、吸って欲しい？

何度も囁《ささや》いた。

――ほぉら、ここもすごく硬くなってきた。

――舐《な》めてほしい？

真っ赤に熟《う》れた耳たぶを舐《ねぶ》りながら。

――ナオのいいとこ、みんな見せて。

──タマを揉《も》まれながら乳首吸われるの、好きだろぉ？

羞恥《しゅうち》で身悶《みもだ》える様が、可愛《かわい》すぎて。

──いい子だ、ナオ。

──ナオの好きなとこ、舐めて、噛《か》んで……吸ってやる。

快感に喘《あえ》ぐ姿が、雅紀の劣情を嫌というほど掻《か》き立てた。

雅紀の囁きに、愛撫《あいぶ》にとろけていく尚人が愛《いと》しすぎて……たまらなかった。そうやって、尚人とのセックスに溺《おぼ》れていく自分がたとえようもなく不様でも構わなかった。セックスがただの排泄《はいせつ》行為ではないと実感できたからだ。

なぜ、尚人でなくてはならないのか。自分でも、よくわからない。

ただ。妹というだけで、

『お兄ちゃんはあたしのものなんだから』

弟たちにまで露骨に所有権を主張しまくる沙也加が疎ましくて。逆に、

『なんで雅紀にーちゃんばっかし』

何かにつけて反抗的な裕太がウザ過ぎて。ほんの子どもの頃から、

『まーちゃん。まーちゃん』

無条件で懐いてくる尚人が一番可愛かったのは事実だ。

膝《ひざ》の上に乗せて絵本を読んでやったのは、尚人だけ。一緒に風呂に入って、泡だらけになっ

て遊んだのも。雅紀のベッドに潜り込んでくるのも――尚人だけだった。

そのことで、沙也加が。

『尚だけ、お兄ちゃんを独り占めにして。そんなの、ズルイッ』

――を連発しても、両親は困った顔をするだけだった。

沙也加は小学生になっても雅紀と風呂に入ってもまったく平気だったかもしれないが、雅紀は目のやり場に困る。そういう気持ちは雅紀が口にしなくても両親はそれなりに察してくれたから、雅紀的には何も問題はなかったが。

だから。

たぶん……。雅紀の性的嗜好《しこう》が歪んでねじ曲がったのは、何も母親だけの責任ではないかもしれない。

なるべくして、こうなった。

……とも、思わないが。そうならないように、それこそ、雅紀は身悶えるほどの葛藤をした自覚だけは大ありだったので。

それでも。

【人はややもすれば、運命を避けようとして選んだ道の先でその運命に出会う】

誰が言った名言なのかは知らないが。それを耳にしたとき、なんだか不思議にすんなりと胸に落ちた。

運命論者がよく口にする『運命の必然』など、雅紀は信じてもいない。いいことも悪いことも、すべてがそれで決まってしまうなら、なんの苦労も努力もする必要がない。あるいは、努力することさえ無駄に思えてしまうからだ。

それでは、なんの楽しみも嬉《うれ》しさもないのと同じだからだ。

けれど。なぜか、その言葉だけがやけに耳に残った。

【人は、自分の都合のいいように真実をねじ曲げる】

そういうこともありがちだそうだから、そんなふうに思えるだけなのかもしれないが。雅紀の尚人に対する気持ちだけは真実である。

(ホント、おまえが俺を選んでくれてよかった)

心底、そう思う。

恨まれても、憎まれても、摑んだ手は離せない。雅紀はそう思っていたが。

——まーちゃんが好き。

その言葉に救われた。

——まーちゃんのことが大事だから。俺達のためにあんまり無理しないでね?

それだけで、スケジュール帳が真っ黒になっても頑張れる。そう思えた。

(おまえがそばにいてくれたら、俺はなんでもできそうな気がするよ)

嘘偽りのない想いを込めて、雅紀は額に落ちかかる尚人の髪を梳《す》き上げゆったりと撫《な》でた。

二度、三度と。

――と。わずかに睫毛《まつげ》が震え、尚人が薄目を開けた。

(あれ？　起こしちゃったか？)

雅紀は口の端で微苦笑をする。

だからといって、慌てて手を引っ込めるつもりもなかったが。

「……まー……ちゃん？」

掠《かす》れた呼びかけだった。

「ただいま、ナオ」

ついでのオマケで、頬《ほお》に軽くキスをする。

尚人はくすぐったげに首を竦《すく》めて、ゴソゴソと身じろいだ。

「いいぞ、寝てても。ちょっと、顔を見に来ただけだから」

嘘ではない。それをしないと、雅紀が眠れそうになかったからだ。

尚人はむっくりと起き上がった。

「……ん、もう、起きちゃったから。え……と、何時？」

雅紀は、腕時計をちらりと見やる。

「二時半過ぎ」

「お腹……すいてない？」

それはどういう条件反射だろうかと、雅紀は再び苦笑を漏《も》らす。

「腹は空いてない。食いたいのは、別にあるけど」

だから、ジョークだ。

時間も時間だし。本音を冗談まじりにして甘い砂糖をまぶし、口当たりのいいピロートークにする。

とたん。尚人はポッと火がついたように真っ赤になった。

(ホント可愛いな、ナオ)

いつまでも、まったくスレなくて。ついつい、構いたくなる。

「ナオも、溜《た》まってる?」

だから。

――冗談。

そう言おうとしたら。

「……まーちゃんも?」

尚人が真顔で言った。

「俺……してないから。ちゃんと……我慢、してるから」

耳の先まで赤い。

「明日……じゃなくて、今日は……日曜だし。だから……」

「それって、誘ってる？」

皆まで言わせず、雅紀が親指で尚人の唇をゆったりなぞると。

「まーちゃんは……したい？」

わずかに上目遣いで雅紀を見つめた。

その瞬間、二人を取り巻く闇がいきなり濃密になった。しっとりと濡《ぬ》れた気配に、体感温度もわずかに上がった。

「ナオは？」

「──したい」

多少、声は上擦《うわず》ってはいたが。羞恥心に潤んだ尚人の目は、雅紀から逸《そ》らされることはなかった。

瞬きもしないで、雅紀がその目を見返すと。

「まーちゃんと、したい」

今度は、しっかりと言いきった。

雅紀から、仕事が押しているからちょっと遅くなる──その電話をもらった、とたん。尚人の下腹はズクリと疼《うず》いた。

雅紀が出張中は毎夜のように『おやすみコール』をもらうが、そのときは別になんでもなかった。

ただ……。今日、雅紀が帰ってくるのだと思ったら、妙にソワソワと落ち着かなくなった。雅紀としてから、ちょうど一週間。そのとき、尚人ははっきりと自覚した。自身の性欲の在処《ありか》を。

もともと、尚人の性欲は薄かった。雅紀に抱かれるようになってから——それは、セックスというより濃厚な前戯にすぎなかったが、自分の知らなかった性感をひとつひとつ暴かれていく羞恥と快感で、頭も身体もズクズクになった。

同様に、根深いコンプレックスがあった。母親が死んで、共犯者としての意味がなくなってしまったら自分が無価値な存在になってしまったと。

沙也加の激情も、裕太の拒絶も、自分にはとうてい真似《まね》のできない自己主張だった。それが羨《うらや》ましくもあり、同時に劣等感でもあった。

兄姉弟の中で、一番地味で不出来な孫。いつも、篠宮の祖父に言われ続けてきたことでもあった。

しかし。疎まれているとばかり思っていた雅紀に、一番欲しかった言葉をもらえた。

——おまえがいれば、ほかに誰もいらない。

身勝手な夢を見て、そのたびに傷ついて。胸がシクシクと痛んだ。

ほのかな期待を抱いて、それが叶《かな》わないと思い知らされて……ひとり忍び泣いた。

だから。もう、夢は見ない。

期待も——しない。

そう思っていたのに。雅紀に『おまえが欲しい』と言われた。

そのとき、奇跡は本当に起こるものだと思った。そして、気付いた。子どもの頃から、ちゃんと自分は護られていたのだと。今も、そうやって、雅紀の翼の下で自分たちは庇護《ひご》されているのだと。

最強の守護天使。

その言葉の深意を知った。

ときどき、こんなに幸せでいいのかな……と思う。

ポロリと、それが口から漏れたとき。雅紀は何も言わずにギュッと抱きしめてくれた。いつもは饒舌《じょうぜつ》な雅紀にそうやって抱きしめられるだけで、安堵《あんど》感が増した。

しかし。

【夢は、ひとつ叶えばそれが欲になる】

その通りだと思った。

雅紀に大事にされて、愛されている。イコール、セックス——ではないが。しっとりと艶《つや》のある甘い言葉で脳味噌《のうみそ》を掻き回されて、身体も心もトロトロになる。

ディープなキスに翻弄《ほんろう》されて、喘ぎ。やんわりとタマを揉まれただけで、乳首が尖る。ペニスの蜜口《みつぐち》を爪で弄られると、それだけで漏らしそうになる。

そういう快感を知ってしまったら、もう、何も知らなかった頃には戻れない。

羞恥で顔面が灼《や》けついても。

背筋をザワザワと這《は》い上がる痺《しび》れに、頭の芯が煮え立っても。

大きく開かされた内股がヒクヒクと引き攣《つ》れても。

もっと。

——もっと。

——もっと。

欲望はキリがなくなる。

なんだか、自分がすごく淫らになった気がした。気持ちに歯止めがなくなっていくようで、怖いとさえ思えた。

それでも。雅紀から求められることが嬉しい。

——好きだから。

雅紀に抱かれて自分が変質していくことでもっと深く繋《つな》がりあえるのなら、それこそ、本望だと思える。

——愛しているから。

二人の関係が世間の常識から逸脱《いつだつ》している禁忌《きんき》だとしても、それが枷《かせ》にはならない。今は。

雅紀に愛されていると感じるから。

——幸せだから。

だったら、もっと素直に貪欲《どんよく》になっても構わないのだろうか。羞恥心を投げ捨てて、愛情を貪《むさぼ》ることに。

いつも、いつも、与えられるばかりではなく。自分から手を伸ばして、快感を掻きむしるくらいの衝動が自分にもあるのだと、雅紀に知ってもらいたい。

「まーちゃん、したい。すっごく、したい。まーちゃんとしたくて、たまんない」

気持ちが先走って、なんだか上手《うま》く口が回らない。ただ『したい』のではなく、もっと意味のあることを言いたいのに、もう心臓がバクバクだった。

——と。雅紀が尚人の頬にゆっくりと両手を添えた。

「すげーストレートなおねだりだな。俺と、そんなにしたい?」

コクコクコク……と、尚人は頷《うなず》いた。

(寝起きを押し倒すのもなんだから、せっかくセーブしようと思ってたのに。これだけ煽《あお》られちゃあ、ホント、自制心もブチギレだな)

雅紀は両手をゆっくりと引き寄せて、尚人の唇を軽く啄《ついば》んだ。

チュ。

……チュ。

…………チュッ。

真ん中。

……右に。

…………左へと。

それが始まりの儀式であるかのように。

尚人は雅紀のシャツをギュッと握りしめた。そうやって、何かにすがっていないと頽《くずお》れてしまいそうだった。

少しかさついた尚人の唇を舌で湿らせるように、舐める。下唇から、上唇へ。舌先でチロチロと舐《ねぶ》りながら、尚人の耳たぶをキュッと摘《つま》んで、その刺激にピクリと震える唇をやんわりと甘咬《あまが》みした。

ぽってりと肉厚な耳たぶは性感帯とは無縁のようだが、尚人はそこがけっこう弱い。

ゆったり。

じっくり。

耳殻をなぞるように強弱をつけて摘み揉むと、半ば無意識に尚人が喘いだ。

それを逃さず、舌を滑り込ませる。歯列をなぞり、角度を変えながら、唇を貪る。

強く。

——弱く。

浅く。

——深く。

舌を搦《から》めて、きつく吸う。

それだけで、尚人の腰はガクガクになった。雅紀とのキスが気持ちよすぎて。自分からねだった情欲に火がついていく。

雅紀のシャツを握りしめている指先までもが、プルプルと震えてきた。

キスを貪りつつ、雅紀は尚人の背中と腰に手を回してゆっくりベッドに沈めた。右足で膝を割って足を絡め、身体を密着させて、上顎《うわあご》を舌先でくすぐるように舐った。

その都度、尚人は眉間《みけん》をきつく寄せて湧《わ》き上がる快感をやり過ごそうとする。だが。

ぐり。

……ぐり。

…………ぐり。

太腿《ふともも》にねじ込まれた雅紀の膝頭が股間《こかん》を卑猥《ひわい》に刺激するので、せわしなく胸を喘がせることしかできなかった。

ん。

……んん。

…………んんんッ。

鼻から、嚙み殺しきれなかった喘ぎが漏れる。

気持ちよくて。

――よすぎて。

身体がフワフワと浮き上がるような気がした。

貪るだけキスを貪られていた唇が『ねちゃり』と卑猥な水音を立てて外れると、雅紀がクスリと笑った。

「可愛いなぁ、ナオ。キスだけで、ここ……尖らせてるし」

パジャマの上から左の乳首を指で押し潰《つぶ》されて、尚人は喉《のど》に絡んだ掠れ声を上げた。

「やっぱり、相当溜まってたんだ？」

先ほどよりも更にきつく股間を膝頭で押し上げられて、半勃起《ぼっき》になったペニスが一気に硬くなる。

ハグハグと喘ぎながら、尚人はコクコクと頷いた。本当のことだからだ。

「ここも、硬い」

今度はパジャマ越しに股間を握り込まれて。

「ひゃっ……ぅん」

喉に溜まっていた熱が弾かれて、ピクリと腰が跳ねた。

「……湿ってるし。漏らしちゃった？」

雅紀が勃起した形をなぞるように掌《てのひら》を押しつける。ゆったりと押し上げて、やんわりと握

り込む。

そんな布越しの刺激が、まだるい。

「ま……ちゃ……」

途切れ途切れの息の合間に、尚人が呼びかける。うっすらと目を開けた尚人の双眸《そうぼう》は、すっかり潤んでいた。

「なに？」

「……して」

何を？

目で問い返す雅紀に、尚人は下唇を舌で何度も舐めて、股間に置かれた雅紀の手ごとギュッと握った。

「ちゃんと……さわっ…て」

「どこを、どんなふうにして欲しいのか、ちゃんと言ってくれないとわからない」

囁く声は甘かった。中途半端にザワついた劣情を唆《そその》かすように。

「タマ……握って、グリグリして」

「どうして？」

「乳首……咬んで、吸って……ほしいから」

痛いくらいにタマを揉んでもらわないと、乳首がキリキリに尖らない。芯ができるまで痼《しこ》らないと、雅紀に吸ってもらえないからだ。

ただ射精するよりも、そのほうが好きだった。

乳房があるわけでもないのに乳首を吸ってもらいたいと思うのは、もしかしたら変なのかもしれないが。タマを揉まれながらキリキリに尖った乳首を雅紀に吸ってもらうと、すごく感じるのだ。

臀《しり》の奥がギュッと締まって、足の先までジンジン痺れるほどに快感が深くなる。それは、射精するときの疾走感とは真逆の愉悦だった。

「じゃあ、腰、上げて」

尚人が腰を浮かせると、湿った下着ごとパジャマのズボンを引き下ろす。剝《む》き出しになった股間は、すでに先走りでヌレヌレだった。

(俺的には、こっちを先に舐めてやりたいとこだけど)

ペニスのくびれをひと舐めして、蜜口を指の腹で擦《こす》ってやったら、滴り落ちる雫《しずく》はもっと濃厚になる。トロトロになった雫を舐め取りながら爪で秘肉を弄ってやりたい。真っ赤に熟れるまで。

そうすると、普段は声を嚙みがちな尚人が、内股をプルプル震わせて上擦った声で続けざまに啼《な》くからだ。

(すっごく、そそるんだよなぁ)

粘膜が真っ赤に熟れてプクリと膨《ふく》れ上がったそこを、尖らせた舌でほじって、滴り落ちる濃厚な雫を舐め取りたい。

その衝動に駆られつつ。

(まぁ、それはあとのお楽しみだから)

尚人の望み通り、雅紀は袋ごとタマを握り込んだ。


……気持ちいい。

与えられる刺激が尾てい骨を舐め尽くして、快感が背骨をゆっくり這い上がっていく。

すごく……いいッ。

鼓動がドクドクと逸《はや》り、詰めた息とシンクロして、螺旋《らせん》に舞い上がっていく。

袋ごとやわやわと握り込まれると、下腹に熱が籠《こ》もる。

ひとつずつ選り分けられてつまみ揉まれると、ツクリと筋が灼ける。

痛いくらいに揉みしだかれるのが、気持ちいい。

快感のしなりが。

愉悦の渦が。

こめかみで派手に喚き散らして、脳天を突き抜けて、乳首が——尖る。

尖りの先で、熱が膿《う》んで。キリキリに絞られて。やがて、閃《せん》が走る。

血の疼き。

血の滾《たぎ》り。

血のうねり。

身体の最奥から快楽の根が張り、それがひとつに縒《よ》られていく——ピリピリとした痛み。それすらもが快感で。

痼った乳首を噛まれると、閉じた瞼《まぶた》の裏で快感が弾ける。まるで、音のない花火のように。

噛んで吸われるたびに極彩色の愉悦が滴り落ちて、頭の芯までとろけていく。

痛いのに、すごく——気持ちよくて。手の先まで、足の裏までビリビリに痺れて。頭の芯が白熱化した。


日曜日。

朝……いや、ほとんど昼近くにベッドから抜け出してシャワーを浴びる。溜まっていたモノを吐き出して、気分はスッキリと爽快《そうかい》だった。

シャワー上がりに上下のスエットのままキッチンで水分補給をしていると、裕太がのっそりとした足取りでやって来た。

「ナオちゃんは？」

「まだ寝てる」

——とたん。裕太はまるで苦虫を噛み潰したような顔つきになった。暗黙の了解とはいえ、二人がそういう関係にあることを今更のように思い出したかのように。

だからといって、雅紀は悪びれもしなかったが。

いつもならとっくに起きて朝飯の支度をしているはずの尚人は、ベッドで爆睡中である。

（まぁ、あンだけ淫らにイキまくってくれたら、俺だって頑張るしかないよなぁ）

最初は余裕だったが。まるで箍《たが》が外れてしまったかのように喘ぎまくる尚人があんまり可愛すぎて、途中から自制心も吹き飛んでしまった。

タマを揉んでキリキリに尖った乳首を噛んで吸ってやると、尚人の身体はどこもかしこもグダグダになった。なのに、どうしてもフェラチオをするといってきかない。どうやら、自分だけが気持ちよくなるのが嫌だったらしい。

それならそれでも構わなかった雅紀だったが、尚人が雅紀のものを口いっぱいに頬張って、一生懸命舐めるのを目にしただけでイキそうになってしまった。そこは、年長者としてのメンツと見栄でどうにか堪《こら》えたが。

イクなら、断然尚人の中がいいに決まっている。

臀のあわいは慎ましやかな蕾《つぼみ》だった。いつ見ても可憐《かれん》で、それを散らして、自分のものを捻《ねじ》り込むのは無意識の嗜虐《しぎゃく》性をそそる。

尚人にとって、ペニスの蜜口を爪で剝かれて露出させられることより、そこを雅紀に舐められることのほうが羞恥心が灼けるらしく。いつもは、そこを押し広げるだけで身体を強《こわ》ばらせる尚人だが、昨夜は、雅紀が囁くままにおずおずと身を預けた。

――ナオのここで、俺も気持ちよくなりたい。いい？

――大丈夫。いきなり挿入《い》れたりしない。

――ここが、トロトロになるまで舐めてやるから。

――ナオの好きなとこ、いっぱい擦ってやる。

露出させたそれを、唾液をたっぷり乗せた舌でゆったりひと舐めする。すると、尚人のタマがキュッと吊《つ》り上がった。その卑猥な眺めに、雅紀はフッと目を細めた。

本当は、最初から潤滑油《ゼリー》を使ったほうが早い。どれだけ舐めても、女のようには濡れないからだ。ある意味、必需品だった。だから、ベッド脇の引き出しに入れてある。

だが。雅紀は後蕾を舐められて、羞恥心で首筋まで真っ赤にしてヒクヒクと内股を震わせる尚人を見るのが好きなのだ。

悪趣味の極みと言われれば、そうなのかもしれないが。奥まった秘所を暴くことができるのが自分だけなのだと思うと、エゴ丸出しな執着心が満たされた。

後蕾の筋をくまなく舐めて、舌先でつつき、指で伸ばしていく。好きなだけ舐め尽くしてジェルに濡れた中指をゆっくり埋めると、一瞬、尚人のからだが強ばった。異物感は、どうやっても消えないからだ。

――きつい。すごく。

粘膜が指に絡みついてくるのがわかる。

そのきつさを、埋め込んだ指でほぐしていく。グリグリと、捻りながら。リズミカルに絡みつく粘膜を擦り立てる。そのたびに。

「やっ……んぁ……」

「ひゃう」

「んッ…んんッ……」

臀を小刻みに揺らしながら、嚙み殺しきれない、堪えきれない喘ぎが尚人の口を割るのが、すごく卑猥で。それだけで、また、股間が疼いた。

尚人の精液《ミルク》はきっちり搾《しぼ》り取ってやったのに、後肛にあるわずかな膨らみを指の腹でクニクニと刺激してやるだけで、

「ヤだ、ヤだ、まーちゃん、そこ……しないで。ひゃうッ……んぁッ……。漏れちゃう……漏れちゃうっ、から」

下腹をへこませ、内股の筋を引き攣らせ、尚人が上擦った声で啼いた。

本気で気をやったあとは、もう口も回らない。ひたすら胸を喘がせてシーツに沈むだけ。そ

の隙《すき》に、雅紀はしっかりと自分のものを押し込んだ。

決して、スムーズとはいかなかった。指三本を捻り込むことすらキチキチだったそこは、雅紀を銜《くわ》え込むと粘膜が収縮して更にきつくなった。

締まりがよすぎて、けっこう動きづらい。

だが、気持ちいい。

腰を溜めて、揺すって、捻り込む快感に血がザワついた。

絡みついて離れない粘膜を擦り上げる愉悦に、視界が熱くなる。

最後の高みを目指して弾ける疾走感で、頭の芯がキーンと痺れた。

つらつらと、そんなことを思い出していると。

「雅紀にーちゃん、キモイ」

ピシャリと、裕太に言われてしまった。

何が？

——とは、問うまでもない。きっと、ずいぶんと締まりのない面つきだったに違いない。

別に、裕太に何をどう思われても痛くも痒《かゆ》くもないが。とりあえず、雅紀はペットボトルの水を一気に飲み干した。

裕太は、そんな雅紀を凝視したまま身じろぎもしない。

「……なんだ？」

朝飯抜きで、その上、たぶん昼飯も食いっぱぐれるのかと思うと、さすがに苛ついているのか？

雅紀が、しんなりと眉《まゆ》をひそめると。ようやく、裕太の目からキツイ色が抜けた。

「昨日。あいつの弟が来た」

──え？

雅紀は思わず目を瞠《みは》った。

「それって……瑛《あきら》君のことか？」

この展開で裕太が『あいつ』呼ばわりにするのは零《れい》しかいない。

「そう」

「なんで？」

「ケンカ売りに来た」

「はぁ？」

意味がわからない。

──と、いうより。そのときのことを思い出したらしい裕太の顔つきが、あまりに剣呑《けんのん》すぎて。

「瑛君が、おまえに？」

「つーか、ターゲットはナオちゃんだったみたいだけど。図書館から戻ってきたら、あいつが家の前にいた」

（あー……そういうこと？）

それならば、なんとなく納得できる。

火葬場での第二ラウンド——という構図が、雅紀にも見えた。

「兄ちゃんはどうでも俺はおまえらのこと絶対許さねーから……とか、変な難癖つけやがるから、八つ当たりすんなって、一発カマしといた」

「そりゃあ、気がきいてるな」

「だって、あのバカ、自分とこがドン底なのはおれたちのせいとか言いやがったんだぞ。ホント、バカ丸出し」

またもや怒りがぶり返してきたのか、裕太のトーンが尖る。

（そりゃ、坊主憎けりゃ袈裟《けさ》まで憎いってやつだろ）

そのためにわざわざ千束《ちづか》までやってくるとは、瑛も相当に詰まっているらしい。

（部活でケンカして自宅謹慎……だったんだっけ？）

一度ブチギレたら、次はもっと簡単にスイッチが入る。もしかしたら、その典型的なパターンかもしれない。零とは真逆なタイプなのだろう。

尚人に会うより先に裕太と鉢合わせしてくれて、ラッキー。本音で、そう思えた。

「これって、絶対、兄弟ゲンカのトバッチリだよな」

――たぶん。

「瑛君も、零君とナオが急接近するのが嫌なんだろ」

気持ちはわかるが。雅紀的には、瑛が尚人をターゲットにした時点でアウトである。

だが。嫌悪感という点においては、零のほうが勝る。

同情は、ただの馴《な》れ合いよりも始末が悪い。

尚人と零がけっこう似た者同士という、子どもの頃からの刷り込みが入っているからではない。

尚人のスクール・ライフにおいて桜坂《おうさか》という番犬は必要不可欠だが、疎遠だった従兄弟《いとこ》の急接近は不要ではなく不愉快。そう思えるからだ。

「そのこと、ナオは知ってるのか?」

「言ってない」

話を必要以上にデカくするのは、裕太も本意ではないからだろう。

「これって、おれが売られたケンカだから」

きっぱりと、言いきる。

そこに、裕太の成長の証《あかし》を見たような気がした。

無駄な努力など何ひとつない。尚人が地道にやってきたことが、こうやって目に見える形で結実していくのが雅紀にはなにより嬉しい。

「だったら、このまま黙っとけ」

雅紀としても、この上、瑛まで変に関わってきてもらいたくない。むろん、実害が出てしまえばきっちり落とし前はつけるが。

「……わかった」

「で？　おまえ、腹はへってるのか？」

「は？　なんで？」

裕太がやってきたのはこの話のためであることはわかったが。昼飯をどうするかは、また別口である。

「さすがに、俺も腹へりまくりだから、ラーメンでも作ろうかと思って」

たしか、どこかにカップ麺《めん》があったはずである。

「雅紀にーちゃんが？　カップ麺？　すげーミスマッチ」

それって、失礼すぎる暴言では？

「嫌なら、食うな」

「…って、お湯を沸かすくらい、おれだってできるし」

ブツブツと文句を垂れる裕太であった。

尚人がいないときの雅紀と裕太の会話は、どうしても潤滑油が足りなくて、ともすればギスギスしてしまうのは今に始まったことではなかったが。

《＊＊＊決意＊＊＊》

（もう、イヤッ）

篠宮《しのみや》沙也加《さやか》はムカついていた。

（なんで、あたしばっかり）

怒っていた。

（どうして、いつまでもこんな思いをしなくちゃならないのよッ！）

憤っていた。

実父《慶輔》が記憶障害を患っていることが公になったことで、沙也加の周囲も俄然《がぜん》騒がしくなってきたからだ。

発端は、例によって、加門《かもん》家では朝の時計代わりになっているテレビの情報番組《モーニングショー》だった。

《皆さん。銀流社《ぎんりゅうしゃ》のウェブサイトでの緊急発表、ご覧になりましたか？》

《いやぁ、ビックリだよねぇ》

《慶輔《けいすけ》氏の記憶障害って、あれ、マジなんですか？　話題作りのヤラセじゃなく？》

《愛人が、涙ながらに語ってました》
《だから、よけいに胡散臭《うさんくさ》すぎるんじゃないですか》
《自分が存在しない十年間？　そりゃあ、彼女にしてみれば一大事でしょ》
《なんたって、運命の女……ですから。人生最大の危機ですよね》
《ぶっちゃけて言ってしまうと、アイデンティティーの喪失だから》
《要するに。慶輔氏がいなきゃ、なんの価値もないってことだよね？》
《倉橋《くらはし》先生、露骨すぎ》
《えー？　だって、そうでしょ？　彼女の人生そのものが『愛』という名のパラサイトなんだから》
《オォッ。名言ですね》
《ホント、まさに図星だね》
その朝。加門の祖父母ともども、沙也加はテレビに釘付《くぎづ》け状態だった。
そんなバカな。
ウソでしょ？
ホントに？
まさに、衝撃の事実……である。慶輔が祖父に刺された事件が一種のピークで、それからは何があってももう驚かない。そう思っていたからだ。

おそらく、テレビの前の視聴者も皆同じ気持ちだろう。そんな都合のよすぎる話が本当にあるのか、と。

一瞬、呆気《あっけ》にとられ。

次いで、疑心に駆られ。

最後は、否定する。

それって——あり得ないだろ。

もちろん、沙也加もそう思った。

(そんなこと、あり得ないでしょ?)

あまりにもバカバカしくて。内心で吐き捨てて、思わず祖父母と顔を見合わせてしまった。その祖父母も、実に複雑怪奇な顔つきをしていた。

そうして。ふと、思い返す。慶輔の人生そのものが非常識の極みであったことを考えれば、もしかして、そういうどんでん返しもあり得るかもしれないと。

慶輔が拓也《たくや》に刺されたとき。

(あんな奴、死ねばよかったのにッ)

本音でそれを思わずにはいられなかった沙也加にしてみれば、悪運の代償が半身の麻痺《まひ》だけではなく、自分の都合の悪いことは全部綺麗《きれい》さっぱり記憶から消し去ってしまったことに、正直、腸《はらわた》が煮えくり返る思いがした。

しかし。
《でもさぁ、ほぼ十年間の記憶喪失ってことは、自分が不倫して奥さんを自殺に追い込んだことも、子どもにした極悪非道な仕打ちも全部、忘れちゃったってことでしょ？》
《まぁ、そうなりますね》
《それってさぁ、『ＭＡＳＡＫＩ』たちにしてみれば、ほんと、やりきれないよね？》
《憎むべき相手が自爆するんじゃなくて空中分解しちゃったようなものですからねぇ》
《そこらへん、どういう気分なんだろ》
《そりゃ、内心、腸が煮えくり返ってんじゃないの？》
《……ですよねぇ》
《『ＭＡＳＡＫＩ』は絶対、口に出して言わないだろうけど》
《なんたって、視界のゴミ……ですから》
沙也加が思っていることを、他人に……それも無神経極まりないコメンテーターに指摘されると、それはそれでものすごく不快な気分だった。
《でも、都合の悪いことは忘れてしまっても、暴露本《ボーダー》という生き証人がいるわけだし。知らぬ存ぜぬじゃ済まされないと思うよ？》
《……だよねぇ。こうなると、ハーフ・ミリオンっていうベストセラーのツケは重いよね》
《運命の逆転って感じ》

《慶輔氏にしてみたら、自分で蒔《ま》いた呪《のろ》いのようなものかも》

《う〜ん。やり逃げは許されない人生の奥深さを垣間見《かいまみ》せられたような気がします》

慶輔が堂森《どうもり》の実家に行ったことがスポーツ紙にスッパ抜かれたときには、別にどうも思わなかった。

——違う。

篠宮の祖父があんな事件を起こすまで、亡母の実家である加門家で暮らしていた沙也加にとっては篠宮の祖父母も伯父も叔父たちの家族も、すでに忘れられた存在だった。

先に自分たちを見捨てたのは篠宮の親族だったからだ。身内であっても、赤の他人よりも遠かった。

母親が自死したこと以外、加門の親族はスキャンダルとはまったく無縁なのに、どうして篠宮はあんなにも過激で愚かなのか。

沙也加の人生には、彼らはいらない。必要ではない。

なのに。自分とは関わりのないところで起きた事件のせいでマスコミにしつこくまとわりつかれるのが、我慢ならなかった。

家の前で。

大学で。

駐車場で。

沙也加を待ち構えていたように突きつけられるマイクと無神経な詰問。雅紀《まさき》が鉄壁の守護者ぶりを発揮しているのは同居している弟たちだけ……という事実を逆手に取って、うるさく、執拗《しつよう》にまとわりつかれる嫌悪感。心がザラついてささくれ立つ、不快感。

「沙也加さん。お父さんの記憶障害について、どう思われますか？」

「記憶をなくしたお父さんを許せますか？」

「お父さんから、なんらかのアクションはあったんですか？」

祖父があんなことをしでかさなければ、こんなふうにいつまでもまとわりつかれることもなかった。

やめて。

——やめてッ。

——やめてッ！

ウンザリするのを通り越して、身体の奥から獰猛《どうもう》な衝動が湧き上がってくる。

突き飛ばしてやろうか。蹴《け》りつけてやろうか。それとも、バッグで殴りつけてやろうか。

そうして。ふと、気付く。沙也加が忌《い》み嫌う『過激で愚かな』情動が自分にも流れているのだと。

——ゾッとした。

それが、あのとき、母親に向けて放った激情を思い出させて。瞬間、血の気が引いた。

「慶輔氏が実家のおばあさんと和解したことをどう思いますか？」

「お兄さんの『MASAKI』さんは、なんと？」

「兄妹弟《きょうだい》で、話し合いはあったんですか？」

「沙也加さん、一言お願いしますッ」

「沙也加さんッ」

「沙也加さんッ！」

くどくど。

ねちねち。

しつこく。

無神経に浴びせられる——不愉快。

心が捻れてしまう、痛憤。

その果ての逆鱗《げきりん》。

（うるさい）

（やかましいッ）

（ついてこないでッ！）

内心の憤激を一言でも漏らせば、ここぞとばかりに集中砲火されるのは目に見えている。それがマスコミの常套《じょうとう》手段であるからだ。だから、我慢するしかない。耐えるしかないことが、本当に不快でならない。

誰一人、沙也加の気持ちをわかってくれない。

――苛立ち。

誰も、沙也加を護ってくれない。

――鬱憤《うっぷん》。

誰も、沙也加を放っておいてくれない。

――憤激。

もう、いやッ。

嫌ッ。

イヤッ！

沙也加の心の叫びは、誰にも届かない。

そんな鬱々とした日々を送っていたとき。沙也加の目の前に、あの男――真崎《まさき》亮二《りょうじ》が再び現れた。

「どうもぉ」

ひょろりとした痩身《そうしん》に、不精ヒゲ。二度と見たくもない顔には嘘臭い作り笑いを浮かべ、いきなり目の前に立ち塞《ふさ》がられて。沙也加は、思わず顔を引き攣らせた。

「覚えてらっしゃいます？　お兄さんとは名前違いの真崎亮二です」

無節操なマスコミの中でも、一番最悪な男である。

ごく普通のマスコミは、大学の構内までズカズカと入ってきたりしない。無神経は無神経なりにも、一応組織の一員であるという最低限の縛りがある。『協定』というルールからはみ出してしまうと、漏れなく組織へのバッシングがついてくるからだ。

今どき、タイムラグなしの情報は活字よりもネットやツイッターが主流で、そこで広がった噂《うわさ》は事実であろうがなかろうが、ただの誹謗中傷《ひぼうちゅうしょう》であろうが関係なく垂れ流しになる。誰もが無責任なパパラッチも同然であるからだ。それだけに質《たち》が悪い。

逆に言えば。真崎のようなフリーのルポライターだからこそ、こういう掟破《おきてやぶ》りの真似ができるのだろう。

取材という名の、悪質なストーカー。

それは決して、許容できるものではなかった。

(もう、最悪ッ)

内心で吐き捨て、沙也加は顔ごと目を背けて足早に歩き出した。すると。

「沙也加さーん。そんなにあからさまに嫌わないでくださいよぉ」

すぐさま、真崎が擦《す》り寄ってきた。

(……イヤッ)

妙に馴れ馴れしい癖のあるしゃべり方が嫌いだ。

（いやッ！）

——気色悪い。

「お父さんについて、ちょっとだけ、お話を伺えませんか？」

ピッタリと張り付かれるだけで、虫酸《むしず》が走る。

だから、つい。沙也加の堪忍袋もぶち切れた。

「あんな男のことなんか、どうでもいいわよッ！　うるさくまとわりつかないでッ！」

——と。真崎は軽く目を瞠り、ついでに口の端をうっすらと吊り上げた。すると、胡散臭さが消えて、もっと質の悪い本性が透けて見えた。

「いやぁ、美人が本気で怒ると半端ないですねぇ。そういうとこ、やっぱ、タイプは違ってもお兄さんとはクリソツってことですかね。さすが、血は争えませんねぇ」

真崎にとって、それは、沙也加の感情を掻きむしって本音を引き出させるための手段。単なるきっかけであったかもしれない。

今の沙也加にとっての逆鱗は、慶輔ではない。雅紀の存在そのものである。そこに土足で踏み込んできた真崎に、沙也加は本音で殺意すら覚えた。

コンナ奴、死ネバイイノニ。

視界カラ、永久ニ消エテシマエバイイノニ。

それは、慶輔に対する嫌悪感とは別口の唾棄《だき》だった。

だが。その本気度は、充分、真崎にも伝わったのか。眦《まなじり》を吊り上げた沙也加が憤然とした足取りで歩き出しても、今度は後を追ってこようとはしなかった。

ただ。

「ふぇ～～。コワイ、コワイ。ありゃ、やっぱ、爺《じい》さん譲りだよな」

これ見よがしにつぶやくことは忘れなかった。

そのことが、ひとつのきっかけになった。

二度あることは、三度ある。その言葉通り、この先、何かあるたびに真崎にまとわりつかれるかもしれないと思うとそれだけで吐き気が込み上げてきた。

このままでは、自分は駄目になる。そういう強迫観念にも似た思いが沙也加の全身を駆け巡った。

それまで、沙也加は自分が拒絶することはあっても忌避されることはないと思っていた。

なぜなら。自分に対して負い目があるのは雅紀であり、尚人《なおと》であり、裕太《ゆうた》であるはずだったからだ。

母親に対しての思いは複雑を通り越して憎悪しか感じないが、その一方で、自分の一言が母親を死に追いやったかもしれないという罪悪感は消えなかった。

投げつけた罵倒《ばとう》は、激情の礫《つぶて》だった。

死んでしまえ——とは言ったが、本当に死んでしまうとは思わなかった。だって、それは究極の反則技だろう。

犯した禁忌の責任をすべて自分たちに押しつけて一人だけさっさと楽になってしまった母親への、絶対に許せないという憤りに勝るものはなかった。

母親の自死は、自己責任を放棄した大罪である。その大前提があるから、沙也加は自分を否定しないでいられた。

悪いのは、自分じゃない。

責められるべきは、自分じゃない。

すべての責任は、あの穢《けが》らわしい母親にある。

——なのに。兄弟からは拒絶された。

とたんに、足下がぐらついた。

なんで？

どうして？

——あたしだけが。

慶輔なんかどうでもいい。視界のゴミ以下の存在だからだ。どうでもいいことにいつまでも振り回されていることに、我慢がならなかった。

尚人には、やんわりと拒まれ。

裕太には、手厳しく否定され。

雅紀には、あからさまに拒絶された。

血を分けた家族に見捨てられて、マスコミにしつこく付きまとわれて。この先、自分はどうなる？

──どうすればいい？

考えて、沙也加は決意した。この先、自分が自分らしくあるためには、どうすべきか。このままスキャンダルに追いまくられて神経を磨《す》り減らしたくない。そのためには、日本を飛び出して留学するしかないと。

ただの思いつきではない。

考えて。

……考えて。その結論に至った。

至ったからといって、すぐにどうにかなるものではないとわかっていたが。留学したいという気持ちが固まってしまったら、もう、止まらなくなった。

学力と語学力には自信がある。

母親の自死というストレスで高校受験は惨敗してしまったが、沙也加はメゲなかった。諦めずに頑張ってストレートで志望する大学に入学することができた。学費の足しにとバイトを頑張り、独学で英語力を身につけ、今では外国人との日常会話には困らないレベルにあった。

だが。問題は留学資金であった。今でさえ大学の学費は奨学金に頼っているのに、そんな余裕はどこにもなかった。

ましてや、私費留学など絶対に無理。沙也加の大学では専門分野で特に優れた者に与えられる交換留学生制度は二回生以上が対象になっており、それすらもがすこぶる狭き門だった。

留学したいという切実な思いはあるが、そのためにクリアしなくてはならない問題は山積みであった。

外国に留学したい。祖父母にそれを伝えると、やはり、難色を示した。

「沙也加の気持ちはわかるけど。今すぐには、無理だと思うよ？」

「大学に入ったばかりで留学なんて、早すぎるだろ」

祖父母の言い分は、もっともである。

沙也加の大学進学に、祖父母は熱心であった。今どき、大学くらいは出ておかないと就職には不利。その就職すらもが氷河期にある。だから、資格はないよりもあったほうがいい。しかし、そこに『留学』の二文字は入っていなかった。

「生活費はどうするの？」

「そんな見も知らないところに一人で行く必要が、どこにある？」

これが夏休みや冬休みを利用した観光旅行ならば、祖父母のこだわりもないのだろうが。留学するとなれば、話は別物である。

「だから、ホームステイ制度を利用できないかなって」

苦しすぎる言い訳かもしれない。だが。

「それだって、タダじゃないんだろ？」

そんな甘い考えは通用しなかった。

「それ以前に、日本語が通じない大学に行って授業についていけるはずがないだろ。せっかく志望する大学に入れたのに、今までの苦労を無駄にする気なのか？」

「そうだよ、沙也加。日常会話に不自由しなくても、勉強は別だと思うよ？」

「なんのための留学なんだ？」

痛いところを突っ込まれて、思わず言葉に詰まる。

確固たる決意はあっても、その理由付けは弱い。慶輔絡みのスキャンダルにこれ以上煩《わずら》わされたくないから――なんて、祖父母には言えない。実害を被《こうむ》っているのは、沙也加だけではないからだ。

ましてや。家族を養うために将来を嘱望《しょくぼう》された剣道も大学進学もやめてしまった、雅紀という、絶対越えられない壁があった。雅紀の決断に比べたら、沙也加の決意など甘ったれた身勝手にしか映らないだろう。

「それは、大学をきちんと卒業してからでもいいいんじゃないのかねぇ」

「そうだぞ、沙也加。今はしっかり勉強することが一番大事なんだから」

（だから、そのためにも留学したいのよ）

そのジレンマをわかってくれない祖父母にイライラする。

しかし。結局、沙也加は押し切れなかった。祖父母に反対されたからではない。自分には生活力がないことを痛感させられたからだ。

すべてを投げ捨ててでも日本を飛び出す、勇気。

頭で考えるより、まず行動力。

その決断も覚悟も足りないことを自覚させられたにすぎなかった。

留学を決めて。それを雅紀に宣言して。雅紀への未練を……想いをすべて断ち切る。そうすれば、薔薇《ばら》色でなくてもいい、自分にはもっと違う世界が開けるような気がした。けれども。

その決意は、形になる前に潰《つい》えた。

それが、何ひとつ思い通りにはならない沙也加の現実であった。

そう思うと、ますます気分が落ち込んだ。

《＊＊＊果断＊＊＊》

相変わらず、雅紀《まさき》の日常は多忙であった。

仕事も私生活も、それなりに順調。それで文句を言ったらバチが当たる。そう思えるくらいには。

午後十時少し前。

本日の仕事——メンズ雑誌のグラビア撮りと、クリスマス企画で行われるステージ衣装合わせ——をこなして、定宿にしているシティー・ホテルに帰り。バッグをテーブルに、脱いだ上着をソファーに放った、とたん。バッグの中のスマートフォンが鳴った。

従来の携帯電話を今のスマホに変えてから、スケジュール管理が一段と楽になった。こんなことなら、早めに機種チェンジすればよかったと思わずにはいられない雅紀であった。

着信表示は『加門由矩《かもんよしのり》』であった。

(由矩伯父さん？　なんだろ)

めったに電話などかかってこない相手に、雅紀はほんの少しだけ小首を傾《かし》げて通話モードにした。

「雅紀です」

『あー、雅紀。由矩だ。今、いいか?』

「はい。ちょうど仕事が終わったところですから」

『そりゃあ、お疲れさん。相変わらず頑張ってるようだな』

ただの社交辞令ではないだろう。多忙すぎる甥《おい》に対する労《いたわ》りがこもっていた。

「まぁ、それなりに。仕事がら、時間が不規則なだけですが」

『身体だけは大事にしろよ?』

それはもう、嫌というほど自覚している。

このところ本業の仕事《モデル》ではないところのオファーも増えてきたので、体調管理だけには気をつけている。多忙すぎて体調不良になったりしたら、本音で笑えないからだ。

なんといっても、篠宮《しのみや》の家は雅紀の稼ぎで保《も》っている。仕事が増えるのはいいが、無理をしすぎて倒れるわけにはいかない。

モデルは使い捨てではないが、競争率が激しい。当然、旬の賞味期限もある。華やかな業種であるのは間違いないが、それゆえに浮き沈みも多い。

所属事務所の『力』と『コネ』がモノをいうのは業界の常識である。スポンサーの意向――という一言で内定していた仕事が突然キャンセルになるという理不尽さが罷《まか》り通るのも、事実だ。それがどれほど屈辱《くつじょく》的であっても、文句も言えない。その悔しさを次へのステップに活かせるかどうかで、適性が決まる。

そういう世界なのだ。一般人がイメージしているよりも、ずっと厳しい。そこで生き残るには、心身ともにタフでないとやっていけない。

体調不良でキャンセルになった後釜《あとがま》を狙《ねら》っている者は、それこそ大勢いる。その代役でブレークした者も少なからずいるからだ。

チャンスは待っていてもやってこない。他人を蹴落《けお》としてでものし上がる、そこまで悪辣《あくらつ》でなくても、自分で摑《つか》みに行くくらいの根性がなければ大成はしないということだ。

「ありがとうございます。それで？　俺に何か？」

『あー、それなんだが。昨日、祖母《ばあ》ちゃんから電話があってな』

由矩が言うところの『祖母ちゃん』とは加門の祖母のことである。子どもが産まれると、自分の親であっても呼び方は子どもに合わせて『祖父《じい》ちゃん』『祖母ちゃん』になってしまうのはおそらくどこの家庭でも同じだろう。実際、篠宮の家でもかつてはそうだった。

『沙也加《さやか》がな、留学をしたいと言っているそうなんだ』

「留学……ですか？」

その言葉が意外というより、ある意味、そういうことを由矩の口から聞かされることのほうが驚きだった。そんなことがあれば、加門の祖母から直接雅紀に電話がかかってくるというのが、これまでのパターンだった。

『けっこう真剣に思い詰めているみたいでな。そこらへん、おまえ、何か聞いているか？』

（…って、沙也加から？）

雅紀的には。それって、あり得ねー――ことだが。滅多に会うこともない加門の伯父たちの頭には、沙也加の『お兄ちゃん大好き』という刷り込みが入っている。

なにしろ。加門の従姉妹たちにも篠宮の従兄弟たちにも、幼児の頃から、

【あたしのお兄ちゃんなんだからベタベタしないでッ】

目で口で行動で、強烈に所有権を主張しまくりだった。それは、単に『子どもの独占欲って可愛《かわい》い』のを通り越して、

【雅紀も大変だなぁ】

皆が苦笑を漏《も》らすくらいには徹底していた。

その刷り込みは、沙也加だけが加門の家で暮らしている今も変わりはないのだろう。

「いえ、何も聞いていませんが」

『そうなのか？』

由矩は、なんだか拍子抜けという口調だった。由矩にしてみれば、今も沙也加とは親密に連絡を取り合っているという思い込みがあるのかもしれない。

「加門の祖母ちゃんからどんなふうに聞いているのか、わかりませんが。ぶっちゃけて言って

しまうと、おふくろが死んでから沙也加とはほとんど何も話してないっていうか、ほぼ疎遠になっています」

このあいだ。慶輔《けいすけ》の暴露本出版の前に加門の家に行ったときに、ほぼ四年ぶりに沙也加の顔を見た。それも、最初、沙也加は雅紀に会いたくなくて居留守を使う気だったらしいのだが。結局は、今までの恨み辛《つら》みが爆発してしまった。沙也加にしてみれば、四年分の愚痴《ぐち》の捌《は》け口だったかもしれない。

それで、雅紀も遠慮なく沙也加を切り捨てにできたわけだから、結果オーライということになる。

そのときに、沙也加との縁は切れた。

いや——沙也加が雅紀と母親との関係に激昂《げっこう》し、絶叫まじりに罵倒《ばとう》して篠宮の家から走り去ったあの日以来、沙也加とは他人の関係も同然だった。雅紀的に、今更、改めて絶縁をする意味もないと思えるくらいには。

由矩は、沙也加とほぼ疎遠になった理由を問い質《ただ》したりはしなかった。

沙也加が自死した母親の葬儀にも出なかったことで伯父たちの心証を害していたのは事実であったし、母親が死んだ状況が状況であったから、加門の親族たちもそれについては無理に突っ込んで聞けるような雰囲気でもなかった。沙也加は強烈に拒み、雅紀は沈黙した。それで、結局は有耶無耶《うやむや》になってしまった。

それでも。加門の伯父たちは、母親との軋轢《あつれき》もしくはなんらかの確執があったとしても、沙也加は雅紀とだけは今でも親密というイメージからは抜け出せないでいるのだろう。

『あー……だから、篠宮の祖父さんの葬儀のとき、おまえたちと沙也加はあんなに距離感があったのか？』

どうやら、葬儀の中継をテレビで見ていたらしい由矩はボソリと漏らした。

それは、たぶん、由矩だけではなく、テレビを見ていた視聴者たちの率直な感想だったに違いない。コメンテーターたちですら、そういう疑問を投げかけていたのだから。

篠宮三兄弟と長女は、なぜ一緒にいないのか。

どうして、長女だけが別なのか。

その疑問に対する明確な答えはなく、いつものように皆が好き勝手に妄想して盛り上がっていたが。雅紀にしてみれば、拓也《たくや》の葬儀に沙也加が来たという軽い驚きがあっただけで。それっきり、沙也加のことは気にも留めなかった。切り捨てた者に対して、それはしごく自然な成り行きであった。

それよりも、まったく眼中になかった従兄弟……零《れい》と瑛《あきら》の兄弟にすっかり気を取られてしまった。言ってしまえば、それに尽きた。

だが。由矩の口から今更のようにそれを持ち出されて、雅紀は内心で苦笑した。

(目に見えるほどの違和感だったたってことか？)

雅紀にとっては、沙也加が疎遠だった祖父の葬儀に参列する気になったということのほうが違和感がありすぎたが。

「まぁ、そうです」

ほかに言いようがなくて、雅紀が口にすると。由矩はどんよりとため息をついた。

『じゃあ、沙也加がどうして急に留学したいと言い出したのか、おまえにもわからないわけだな？』

「はい。まったく」

即答して、今更のように思う。

(留学なぁ……)

なぜ、今なのか。

そうまでして、日本を出たがる理由。

留学にこだわる——わけ。

(もしかして、マスコミに揉《も》みくちゃにされるのが嫌だから……とか？)

そういえば、零がそんなことを言っていたと尚人《なおと》から聞いたような気がした。

——もうウンザリするほどしつこくて。自転車で轢《ひ》いてやろうかと思った……とか。零君、けっこう過激なことを言ってた。ホント、笑えないよね。

笑えないが、どうでもいい。マスコミの横暴さは今に始まったことではないからだ。それが自分たち兄弟に実害を及ぼさないのであれば、まったく関心がない雅紀であった。

そして。そのあとに、尚人はこうも言った。

――それに比べたら、俺たち、すっごく恵まれてるよね？　だって、まーちゃんっていう最強のガーディアンがついてるし。

そのとき。雅紀は、条件反射のごとく尚人をギュッと抱きしめずにはいられなかった。

家族を――愛する者を護《まも》るという役割を与えてくれたのは尚人だ。雅紀の場合、そこに独占欲というエゴも加味されるが、護ることで守られていることを雅紀は自覚して、実感することができた。それが、何にも代えがたい幸福感であることに。

だから。零のように、いきなりそこに割り込んでこようとする者には自ずと嫌悪と警戒心が湧《わ》いてくる。

だが。すでに切り捨ててしまった者には大した感慨もなかった。雅紀の中では、とっくにケジメがついていることだからだ。

(案外、そういうことなのかもしれないな)

物事の本質を突きつけられたとき、選択肢は三つある。怯《ひる》まずに立ち向かうか。楽なほうに流されるか。それとも、目を背けて逃げ出すか。

その決断ひとつで、人生は大きく様変わりする。

選んだ道が正解なのか。

——否か。

それは、わからない。

けれど。立ち向かってそれが仮に失敗だったとしても、自分なりに納得することはできる。誰に強制されたわけでもない、自分で選択したことだからだ。それが、経験になる。次へのステップに活かされる。

しかし。流されて楽になることを覚えてしまえば自己責任を放棄したも同然だし、言い訳もできない。歯止めもなくなる。

ましてや。逃げ出せば、大なり小なり後悔に苛《さいな》まれる。

尚人への想いを持て余し、家にも寄りつかなくなって荒れた日々を過ごしていた雅紀にはそれが身に沁《し》みている。

流されることの無意味さと、逃げることの後味悪さ。問題を先送りにしてもそのツケが溜《た》まるばかりで、それでは何も解決しないのだと。そう気付くことができた。

(留学っていう逃げ道……か)

安易だな、と思う。

また、逃げるのか——とも思う。

だが、それだけだった。バカだな、とも。それで、どうするつもりなんだ?　——とまでは思わなかった。

それは沙也加の選択であり、雅紀のそれとは違うからだ。そこまで、沙也加のことを気にかけてやる必然性を感じなかった。

護りたい者と、そうでない者。その線引きは、くっきりと明快だった。

『祖父ちゃんも祖母ちゃんも、これまでの事情が事情だから、沙也加が不憫《ふびん》に思えてしょうがないんだろうが。さすがに、留学まではなぁ』

それは、そうだろう。年金暮らしの祖父母に、そこまでの余裕はない。

老後の蓄え……が、どれほどあるのかは知らないが。いくら不憫な孫のためでも、自分たちの生活を犠牲にしてまで沙也加に貢ぐ気持ちにはなれないだろう。まぁ、万が一そんなことになったら、伯父たちが本気で止めるだろうが。

『雅紀。おまえも忙しいだろうが、一度、沙也加とじっくり話してみてくれないか？』

話の流れから、たぶん、由矩がそれを口にするだろうことはわかりきっていた。もしかしたら、加門の祖母から頼まれたのかもしれない。

『なんたって、兄妹なんだから。沙也加も、祖父ちゃんや祖母ちゃんに言えないことも、おまえになら話せるんじゃないか？』

それは、時間の無駄というものだ。

切り捨てた者のために、こんなふうに煩《わずら》わされるのははっきり言って面倒臭かった。

それに、沙也加が雅紀に助言《アドバイス》など求める気がないことも明白だった。

雅紀と沙也加の間にあるのは、『兄妹だから』の一言で歩み寄れるほど浅い亀裂《きれつ》ではない。修復不可能なほどに抉《こじ》れているのだ。

「伯父さん」

『なんだ？』

「俺は、千束《ちづか》の家で弟たちを護っていくので精一杯です。この上、加門の家で暮らしている沙也加のことまで抱え込む気にはなれません。というか、はっきり言って重いんです」

由矩は。何が？　――とも。どんなふうに？　――とも、聞かなかった。

あえて問わなくても、沙也加の雅紀に対する重度のブラコンぶりは、ある意味狂妄《きょうぼう》ですらあった。それは、親族であれば誰もが知るところである。

由矩は、ただどんよりと沈黙しただけであった。

「沙也加の人生は、沙也加が決めればいいことです。あいつだって、できることとできないことの分別はつく歳ですから。それでも、どうしても留学したいっていうんなら、まず、自立してからの話でしょう。自分でちゃんと稼げるようになってから、留学でもなんでも、自分の好きなようにすればいい。俺には、それしか言えません」

きっぱり、雅紀が言い切る。

『――わかった』

「すみません」

『いや。おまえは充分すぎるほどよくやってる。それでも、つい、おまえに任せておけば大丈夫と思ってしまうのがなぁ……。なんだか、頼りない伯父で、すまんな』

出来過ぎた息子。

優秀すぎる長男。

その下に隠されているのがエゴ丸出しで凶悪な素顔だと知れば、由矩もそんなことは言っていられないだろうが。とにもかくにも、由矩にそう宣言することで、この先、沙也加に煩わされることがなくなればそれでいい雅紀であった。

由矩との通話を終えて、ひとつ大きくため息を落とす。とりあえず風呂でも入ろうかと思ったとき、再び、コール音が鳴った。

「なんだよ、もう」

思わずひとりごちて、着信を確認すると。今度は『篠宮秋穂《あきほ》』だった。

とたん。雅紀の顔は険しいものになった。

慶輔を堂森《どうもり》の実家に戻ることを許した時点で、身内からは絶縁されたも同然の祖母《秋穂》だったからだ。

(今更、なんの用だ?)

コール音はしつこく鳴り続ける。それで、しかたなく通話モードにした。なんの用かは知らないが、このまま無視して何度もかけてこられるよりはマシだと思ったからだ。

「――雅紀です」

いつものように雅紀が名乗ると、耳元でいきなり小さく息を呑《の》む気配がした。

思いがけない反応というより、むしろ、ありがちなことのようにも思えた。電話をしてみたものの、とっさに何を言えばいいのかわからなくて言葉に詰まる。つまりは、そういうことだろうと。

――しかし。

『……雅紀か？』

いきなりこぼれ落ちてきた声に、瞬間、唖然《あぜん》とした。

どこか喉《のど》に絡んだような耳障りな掠《かす》れ声。それは秋穂のものではなく、今更声も聞きたくない相手――慶輔だと知ったからだ。

いったい。

――なぜ？

どうして。

――あいつが？

それを思うよりも先に、『やられた』感が強い。

家の固定電話はすでに、慶輔の携帯電話も堂森の電話も着信拒否にしてある。今更、話すことなど何もないから……というより、まるでストーカーじみた留守電が大量にかかってくるようになったからだ。

慶輔が昏睡《こんすい》から醒《さ》めて、自分が記憶障害になっていることを知らないでかけてきたときとは状況がまるで違う。それは雅紀への呼びかけであったり、沙也加や尚人への伝言であったり、裕太《ゆうた》の名前を連呼することさえあった。

【お父さんだ】

【元気か？】

【会いたい】

【話がある】

【どうして、いつも留守電になっているのか】

【なぜ、無視をするのか】

時間制限内で、しつこく粘る。それでも足りないとばかりに、またかけてくる。それも、なぜか、雅紀が仕事で留守にしているときを狙い澄ましたかのようなタイミングで。その都度消去しても追いつかないほどに。

変に熱の籠《こ》もった声を聴くだけで嫌悪感が付きまとう。

――キモイ。

――最悪。

――あいつ、頭おっかしいんじゃねーの？

――変質者丸出しだよね。

だから、着信拒否にした。

こうなってくると、慶輔の声など聴きたくないというレベルの話ではないからだ。

それだけやれば、いくら慶輔でも自分が拒絶されていることくらいは自覚するだろう。

同様に、雅紀はスマホに切り替えたときに着信拒否にした。念には念を入れて。

だから、秋穂の携帯電話を借りたのだろう。秋穂からの電話ならば、雅紀は警戒しない。記憶障害になっても、そういう知恵は回るらしい。

『雅紀か？』

いつまでも返事をしない雅紀に焦《じ》れたのか、慶輔が再度呼びかける。

そんなことを、わざわざ確認するまでもないだろうに。いっそ、このままブチ切りにしてしまおうか。瞬間、それを思わないでもなかったが、秋穂の携帯電話を使ってまで雅紀に連絡をしてくるからには、一度無視されたからといって簡単に諦《あきら》めるとは思えない。家の電話の件も前科《・・》あることだし。

なにしろ。慶輔の頭には自分の都合の悪い真実は存在しないのだから。極悪非道なクソ親父とは別の意味で、非常識に特化できるに違いない。

『雅紀。お父さんだ』

一瞬、失笑しそうになった。どの面でそれを言うのかと。そう思ったら、片頬《ほお》が、唇の端が、奇妙に歪《ゆが》んだ。

（バカ丸出し）

黙殺したままでいると。

『一度、会えないか？』

ついには、そんなことまで言い出して。雅紀は、ホトホト呆《あき》れ返った。

「どうして、そんな無駄なことをする必要があるんですか？」

冷え冷えと一声を放つ。

耳元で、再度、慶輔が息を呑んだ。ただの気配ではなく、ゴクリと。

「今更、話すことなんてないでしょう。あんたは、とっくに赤の他人なんだから」

慶輔は沈黙する。

「明仁《あきひと》伯父さんから聞いてるんでしょ？　あんたが、どれだけ最低最悪なクソ親父だったか。それで、どうして今更会いたいなんて言えるのか。俺には、まったくぜんぜん理解できませんけど」

言いたいことを、一気に口にする。それが、雅紀の本音だったからだ。

今更、会う意味などない。

話す価値すら、ない。

こうやって声を聴いているだけで胸くそが悪くなる。

『おまえにはなくても、お父さんにはある』

(だから。その『お父さん』つーのはやめろ。ムカついて張り倒してやりたくなるから)

内心、罵倒する。

【お父さん】

雅紀たち兄弟にとって、そのキーワードは禁句ではなく死語である。言葉にするだけで不快感もMAXを振り切るから、口にする気にもならないが。

『お父さんにも言い分はある』

(言い分、なぁ)

口の端でツクリと嗤《わら》う。

言い訳ではなく、言い分。そこに、慶輔のエゴ丸出しの本性が垣間見《かいまみ》える。

懺悔《ざんげ》の値打ちもない。

そういうことだ。まぁ、聞く耳も持たないが。

——しかし。

『おまえが聞く気がないっていうんなら、お父さんが千束の家に行って話す』

その瞬間、ザワリと産毛《うぶげ》が逆立った。怒りと殺気で。

(こいつ……。マジで言ってンのか?)

本気でそんなつもりなのかと思ったら、雅紀の顔からしんなりと色が失せた。

電話を着信拒否にされた腹いせ？

それとも、デマカセ？

でなければ、ただのハッタリ？

——いや。ストーカーじみた留守電の一件を思うと、慶輔だったら、本当にやりかねないような気がした。

『沙也加にも尚人にも裕太にも、ちゃんと説明をする。いや、させてほしい。今、お父さんが何をどう思っているのかを、みんなに聞いてほしい。それで、わかってもらいたいんだ。何があっても、お父さんにはおまえたちが必要なんだってことを』

溜め込んでいたモノを一気に吐き出すように、慶輔が早口でまくし立てた。

（ホントに、マジで……笑える）

いっそ、反吐《へど》が出るほどに。

本当に、こいつは自分のことしか考えていないのだと思うと、喉が灼《や》けるよりも先に下腹がスッと冷えた。言葉にはできない怒りで。

人間というのは一度死にかけたら人生観が変わるものらしいが、慶輔は何も変わらない。だったら、こんな茶番はさっさとケリを付けてしまうに限る。

「——わかりました。じゃあ、俺がそっちに行きます。今すぐには無理だから、改めてこちらから電話します」

いっそ冷ややかに雅紀が口にすると。

『……そうか』

慶輔は露骨にホッと息をついた。

『じゃあ、都合がついたら連絡をくれ。待ってるから』

言うなり、雅紀の返事を待たずに慶輔からの電話は切れた。

通話モードをOFFにすると、とたんに苦いものが込み上げた。

「いつまでもタタリやがるよなぁ」

ボソリと漏らさずにはいられない。

あの日。勝木《かつき》署で、千里《ちさと》ともどもバッサリ斬《き》り捨てにしていっそ清々したはずなのに元の木《もく》阿弥《あみ》。どこまでいっても疫病神——とは、慶輔のことをいうのだろう。

「だったら、きっちりと引導を渡してやるべきだよな」

それも、正確には二度目だが。それを思うと、いいかげんうんざりする雅紀であった。

《＊＊＊接点＊＊＊》

明日から、五日間の予定でフィジーに行く。

メンズ雑誌の企画での撮影旅行である。アイドルのグラビア雑誌では珍しくもないことかもしれないが、メンズでは今どきけっこう豪勢な企画である。

選抜された五人のメンバーの中には、天敵の『タカアキ』がいる。最近はバッティングもなく仕事がやりやすかったが、今回は仕組まれているような気がした。

なぜなら。最初の顔合わせの席に、加々美蓮司《かがみれんじ》がいたからだ。

（……なんで？）

先週、いつもの『真砂《まさご》』で食事をしたときには、そういう話はチラリとも出なかった。

最近の話のネタは、伊崎豪将《いざきごうしょう》絡みが多い。おかげで、伊崎がどれだけ傍若無人の変人か、よくわかった。そんな伊崎と友人をやっていられる加々美の太っ腹具合も。

「おはようございます。オフィス原嶋《はらしま》の『ＭＡＳＡＫＩ』です。よろしくお願いいたします」

室内に入ってきっちり腰を折った雅紀《まさき》と目が合うなり、加々美はニッと笑った。

「おう、雅紀。よろしくな」

いつもの気さくさで。いや、どちらかというとヤンチャ気質全開で。それだけで、会議室内の空気が微妙に変質したのが丸わかりだった。

(今度は、何を企んでるんですか、加々美さん)

雅紀がそれを思わずにはいられないほどに。

その加々美の肩書きが、今回の企画の『エグゼクティブ・アドバイザー』だと知ったときには。

——なんだよ、それ。

驚きよりも、しんなりと眉《まゆ》が寄った。

しかも、その肩書きには加々美の代名詞とも言える『アズラエル』は無関係であるらしい。

常識的に考えて、それってあり得ねー……ところなのだが。前々から、頻繁《ひんぱん》に『独立』が囁《ささや》かれていた加々美のことだから。

——それって、ありなのか?

つい、勘繰ってしまう。

だが、加々美は手の内を明かすつもりはまったくなさそうだ。

(まぁ、いいけど)

雅紀的には、加々美と仕事ができるワクワク感のほうがはるかに大きい。

五人のメンバーの中では一番キャリアが浅いくせに最後の最後に会議室に入ってきた『タカアキ』も何も知らされていなかったらしく、唖然と双眸《そうぼう》を見開いていた。

それでも、いつものようなハイテンションで『加々美さん』を連呼しブンブン尻尾《しっぽ》を振りまくり状態にならなかったのは、『タカアキ』が口を開く前に女性マネージャーに何事か耳打ちをされたからだろう。

それが不満だったのか、それとも不快だったのかは知らないが。『タカアキ』は加々美と雅紀を交互に睨《にら》んで、ふて腐れたように椅子《いす》に座った。

(ホント、こいつは救いがたい勘違い野郎だよな)

所属事務所の力関係はあって当然だが、それはモデル自身のキャリアとは別物である。

――が。バック・ボーンの実績が自分の実力だと勘違いする奴がいる。たとえば、『タカアキ』のように。『アズラエル』が期待の新人だと周囲に売り込むから、自分の前には薔薇《ばら》色の未来が開けていると思い込むバカが。

自分の努力不足を棚上げにして、売れないのは事務所のせいだと不満タラタラで愚痴ることしかできない奴。

大した実力もないのに、バック・ボーンを鼻にかけて我《わ》が儘《まま》放題の奴。

自信過剰で他人を見下すことで、自分の価値を下げていることにも気が付かない奴。

そういう連中の賞味期限はあっという間に切れてしまう。最低限の常識は、人間関係を築く上での不可欠要素であった。

加々美も言っていた。

『マネージャーは自分の担当する奴を売り込むのが仕事だから、一生懸命仕事を取ってくる。けど、そこから先は本人のやる気次第だからな。結局、自分で考える頭のない奴はそこまでってことだ』

雅紀が、思うに。たとえ同じ事務所の先輩とはいえ、メンズ・モデル界の帝王である加々美に飯をたかるのが当然という態度でラーメンライスに誘うような奴は論外である。

モデルは素材の一部である。

だが、着せ替え人形ではない。

それを自覚できない者は、すぐに落ちこぼれてしまう。

プライベートでは一部過激な発言で世間を騒がせている雅紀も、仕事に対する姿勢は謙虚である。もちろん、プライドはあって当然だが、押しどころと引き際はきちんと心得ている。

だから。内心はどうであれ、仕事上で『タカアキ』とトラブったことはない。今回の撮影旅行でも、これからも、その心積もりは変わらない。ただし、実害を被《こうむ》れば話は別だが。

そのとき。

自室のドアがノックされた。

コン、コン、コン。

きっちり、三回。そんな律儀なことをするのは尚人しかいない。

「開いてるぞ」

ドアが開いて、尚人が顔を覗《のぞ》かせる。

「まーちゃん。お風呂、沸いたから」

「おまえが先に入っていいぞ。あと、もう少しやることがあるから」

「ン……わかった。じゃ、先にもらうね？」

言うなり、尚人はリズミカルな足取りで階段を降りていった。

パスポート、航空券、あとはもろもろ。念には念を入れて。最後のダブル・チェックを終えて、雅紀はスーツケースを手にして階段を降りた。明日は早朝には家を出ないといけないので、出がけにバタバタしないように荷物は玄関においておく。

そして、自室に戻りかけたとき。キッチンから携帯電話のコール音が聞こえた。

自分のものは自室に置いてあるので、尚人のだろう。

とりあえず、キッチンに行く。コール音はするが、携帯電話はどこにもない。キョロキョロと目で探していると、椅子にかけてあるエプロンの中から鳴っていた。

そういえば。尚人は最近、家の中でも携帯を持ち歩いていると言っていた。

――だって、まーちゃんから電話がかかってきたときにすぐに出たいから。

ニコニコと笑ってそんなことを言われたら、気分が悪かろうはずがない。

その間にも、コール音はしつこく鳴り続ける。

(誰だ?)

エプロンのポケットから携帯電話を取り出して、着信表示を確認する。『零《れい》君』だった。

しんなりと雅紀の眉が寄った。

(登録済みかよ)

尚人と零が頻繁に連絡を取り合っているのかどうかはわからないが、とりあえず、ここに来て一気に親密度が増したことは間違いない。

コール音は止まらない。

しばし、雅紀は『零君』を凝視して。そして、通話ボタンを押した。

すると、いきなり。

『こんばんは、尚君』

弾んだ声がした。

(ふーん、こういう声なんだ?)

祖父の葬儀で顔を合わせたときには、そんなことを想像もしなかった。従兄弟といっても、赤の他人よりも遠い存在だったからだ。

ほぼ十年ぶりにきく零の口調は思いのほか柔らかだった。そのことに、イラッとした。

(なんだよ。えらく元気だな)

落ち込んでもっと切羽詰まっているのかと思っていた。

弟の瑛《あきら》はドン底気分で煮詰まって、裕太《ゆうた》と派手にやり合ったようだが。どうやら、零は違うらしい。

(それって、ナオ効果?)

——間違いなく。

人間、プレッシャーで視野が狭《せま》くなっているときに、孤独を癒《い》やしてくれる相手に巡り合うことで人生の明暗を分けると言っても過言ではない。

『もしもし?　尚君?』

いつまでたっても返事がないので、不安になったのか。呼びかけのトーンも下がり気味だった。

「悪いな。ナオじゃない」

とたん。零が息を呑む気配がした。

『え……と。あの……もしかして、雅紀さん?』

声が、完璧《かんぺき》に上擦《うわず》っている。

ドギマギとした鼓動の音さえ聞こえてきそうだった。

「そうだけど」

素っ気なく答えると。今度は、完全沈黙した。

いつまでたっても何も言わないので、しかたなく、雅紀は言った。

「ナオは今、風呂に入ってる」

『そう……ですか』

「ナオに、何か用？」

『……いえ。あの、別に、急用……ってわけじゃない、です』

だんだん、声が尻《しり》つぼみになっていく。

「そう。いつまでもコール音が鳴ってるから、もしかして急用なのかと思って、代わりに俺が出たんだけど」

冷ややかに、チクリと皮肉を込める。

『……すみません』

すっかり、意気消沈である。

雅紀的には、これ以上零と話をするメリットは何もない。それどころか、不快感が増すだけである。

「じゃ、かけ直してくれる？」

『あ……はい。そうします』

そのあと零が何かを言いかけたような気もしたが、雅紀はさっさと通話をＯＦＦにした。

§§§§§　§§§§§　§§§§§　§§§§§

雅紀からの通話がブチリと切れても、零はしばらく身じろぎもしなかった。

いや――できなかった。

そして。ゆっくりと、通話をＯＦＦにした。

――とたん。今更のように心臓がバクバクになった。

（うわ〜ッ、マジで緊張したぁ。つーか、ビビッたぁ〜〜）

まさか。

いきなり。

尚人の携帯電話に雅紀が出るとは思わなかった。

まったく、ぜんぜん想像もしていなかったからビビリまくった。まともにしゃべれもしなかった。

醜態……以前の問題だった。

（雅紀さん、きっと呆れ返っただろうな）

ズンと、落ち込んで。

ふと、気付く。雅紀が、一度も自分の名前を問わなかったことに。

――なんで？

そして、思い出す。零が尚人のナンバーをアドレス登録しているように、きっと、尚人もそうしているのだろうと。きっと、着信表示で零からの電話だとわかったに違いない。

（……だよなぁ。相手が誰だかわからなきゃ、いくら雅紀さんでも、弟の携帯に無断で出たりしないよなぁ）

雅紀も、そう言っていた。いつまでもコール音が鳴っていたから、急用なのかと思って自分が出た――と。

きっと、雅紀も、尚人からそれなりに事情は聞いているに違いない。

別に、二人だけの秘密というわけではないし。というより、零たち家族のプライバシーは全国区でダダ漏れである。

「はぁぁ……」

つい、ため息が漏れた。

（けど、雅紀さんって、やっぱ素でも超クールなんだな）

疎遠だった頃、雅紀がモデルとして活躍していたときには、グラビアでの艶姿《あですがた》を目にすることはあっても肉声を耳にすることはなかった。

覚えているのは、子どもの頃のどこまでも優しい笑顔と柔らかな口調だけだった。

その雅紀の生声を久しぶりに聞いたのは、暴行事件の被害に遭った尚人への配慮を求める記者会見のときだった。

それ以降、雅紀が突きつけられるマイクの前で発言したのは、零が記憶している限り、慶輔を『視界のゴミ』として切り捨てたときと、某テレビ局の記者を名指しで『脅迫者』呼ばわりをしたときと、まるで別人のような穏やかさで『ミズガルズ』のメンバーと記者会見をしているときの三回だけである。

なのに。そのインパクトが凄《すご》すぎて、耳どころか脳裏にまでザックリと刻まれている。

(最強のガーディアン……か)

昔も今も、雅紀は別格すぎて何もかもが遠い。尚人とはブランクを経てもごく普通に話せるが、雅紀が相手だと声を聴いただけで萎縮してしまった。

情けないというよりも、むしろ。

(ガキの頃の刷り込みって、怖いよなぁ)

しみじみと実感する零であった。

§§§§　　§§§§§　　§§§§§　　§§§§§

尚人が風呂から出てくると。まだ自室にいるものだとばかり思っていた雅紀が、ダイニング・キッチンで優雅に茶を飲んでいた。

「まーちゃん。お風呂、どうぞ」

声をかけると。

「さっき、零君から電話があったぞ」

「え……？」

エプロンのポケットに入れっぱなしになっていた携帯電話は、雅紀の手元にある。

「あんまりしつこく鳴ってるから、俺が代わりにちょっと挨拶《あいさつ》をしておいた」

(……ははは)

内心、尚人は乾いた笑いを漏らす。

(ちょっとって……まーちゃん。きっと、零君、ビックリしすぎて声も出なかったんじゃない？)

その様が、目に浮かぶ。

だが。もしも、その場に裕太がいたら。

——それって、ツッコミどころが違うから。ナオちゃん。

呆れた口調で、そう漏らしたに違いない。

「零君、なんて?」

「聞いてない」

「え?　そうなの?」

「俺はナオじゃないからな」

いっそ、きっぱりと言い切られて。尚人は。

(……だよねぇ)

零と関わるのを決めたのは自分なのだと、思い返す。

「気になるなら、かけてみたらどうだ?」

コクリと茶を飲んで、雅紀がジッと尚人を見やる。

その目を、瞬きもせずに見返して。尚人は言った。

「しないよ」

「……どうして?」

「だって、キリがないし。ケジメもなくなっちゃうでしょ?　もし何かあるなら、また零君のほうから電話してくると思う。だって、そういう約束だから」

できることと、できないことのボーダーライン。曖昧《あいまい》なようで、そのケジメははっきりしている。

尚人が揺らがない眼差しでそれを告げると。

（これで、安心してフィジーに行けるぜ）

雅紀の目元も口元も、柔らかく綻《ほころ》んだ。

《＊＊＊エピローグ＊＊＊》

その日。

慶輔《けいすけ》は朝から落ち着かなかった。堂森《どうもり》の実家に雅紀《まさき》が来る日、だったからだ。

ソワソワではない。

ワクワクでもない。

むしろ、ザラリとした緊張感で。約束の時間が迫ってくると、それだけでドクドクと鼓動が逸《はや》った。

電話越しに聞いた雅紀の声は、まるで見知らぬ他人のそれだった。

慶輔が覚えているのは、声変わりをする寸前の少年期特有のテノールだ。甲高いのに、決して甘くはない。子どもなのにまるで子どもらしくない落ち着き払った口調であり、しっかりしすぎて、ときには可愛げがないとさえ思えた——声。けれども、記憶にあるのはあくまでも子どものだった。

だが。

『――雅紀です』

第一声はしっとりと落ち着きのある艶声《つやごえ》だった。子どもではない青年の……声。それがあまりにも耳慣れなくて、驚きのあまり、思わず携帯電話を落としてしまいそうになった。

それで、つい。

「雅紀か？」

念押しをしてしまった。二回も。滑稽《こっけい》すぎる失態だった。

だから、なのか。雅紀は返事をしなかった。呆れ返って言葉も出なかったのかもしれない。

しかし。慶輔にしてみれば、不意打ちもいいところだった。でなければ、思い込みを痛打する――反則。思い切って電話をかけたのに、いきなり出端《でばな》をくじかれたような気がした。

言いたいことは山ほどあるはずなのに、何をどういうふうに切り出せばいいのか。言葉に詰まった。

そんな慶輔の耳元で囁かれた声は、

『どうして、そんな無駄なことをする必要があるんですか？』

――言葉は。刺すような冷たさだった。

携帯電話を握りしめた指が強《こわ》ばりついて。いや、指だけでなく喉も……だったが。ゴクリと息を呑んで、今度は慶輔が沈黙する番だった。

明仁《あきひと》は、世間は、覚えてもいないことを論《あげつら》っては重箱の隅をつつき回すかのようにしつこく慶輔を責めるだけだった。

【極悪非道のクソ親父】

――違う。

【視界のゴミ】

――誰のことだ？

【最低最悪の父親】

――そうじゃないッ！

自分は小学六年生の長男を筆頭に四人の子どもの良き父親であるはずだ。不倫なんかしていない。愛人なんかいない。仕事は順調で、部下からの信頼も厚い。妻との関係も良好で、なんの不満も不平もない。

それが、篠宮《しのみや》慶輔という男の履歴書である。

――はずだ。

それ以外の記憶など存在しないのだから。

なのに、誰もが寄ってたかって声高に詰《なじ》る。不都合な真実を忘れ去っても、誰も誤魔化せない――と。

延々と責める。あったことをなかったことにはできない――と。

憎悪すら込めて罵倒する。そんなことは許されないッ――と。

だったら、自分はどうすればいいのだ？　覚えてもいないことに、どう責任を取れというのか？　それこそ、押しつけがましい暴言……理不尽の極みではないのか。

退院後、堂森の実家に戻ってくるのは大変だった。マスコミの車に追い回されて。ようやく辿《たど》り着いた家の前にも、奴らは待ち構えていた。

病院でも家でも、慶輔は揉みくちゃにされた。本当に、声を張り上げて怒鳴り散らしたい気分だった。

それから、ずっと、家の前にはマスコミが張り付いている。

いったい、なんのために？

自分は有名人でも芸能人でもない。ただの一般人である。なのに、そんな不条理が許されていいのか？

慶輔が口酸っぱくそれを愚痴っても、秋穂《あきほ》は曖昧な返事をするだけだった。何を言っても、真剣に相手にされていないような気がした。

愚痴る相手が自分の母親しかいないという現実が……重い。

実家に戻ってくれば、それなりの安寧《あんねい》が訪れると思っていた。だが、病院に入院しているときよりも周囲は騒々しかった。日々の平穏とはほど遠い。

——なぜだ？

いつから、マスコミはただのストーカーに成り果てたのか。

明仁は実家に寄りつきもしない。電話一本、かけて寄越さない。こちらからかけても、無視される。そのことに、義憤を覚える。

智之《ともゆき》が重度の鬱《うつ》を患《わずら》っていると聞かされても、想像もできない。脳味噌《のうみそ》まで筋肉質……などとジョークまじりに言われるほど豪放なラグビーマンが、いったい、どうやったら鬱などになるのだ。

わからない。

理解できない。

納得できない。

——ことが多すぎて、偏頭痛がした。ただのたとえなどではなく、だ。

それも、今日で終わる。

——はずだ。

雅紀なら、たぶんわかってくれるだろう。ともすれば、何を考えているのかわからないほど大人びて見える長男だが。頭がよくて、物わかりもいい。顔を突き合わせてきちんと話せば、きっとわかってくれる。

——はずだ。

今の慶輔の事情も、苦境も、理不尽も。腹を割って話をすれば、ちゃんと理解してくれるに違いない。

――たぶん。

そうであってほしいと願っている。切実に。

テレビは見ない。

電話も鳴らない。

秋穂と二人だけのひっそりと静まり返った家の中。慶輔は何をするでもなく、雅紀が来るのをただ待ち焦《こ》がれていた。

§§§§　§§§§　§§§§　§§§§

午後五時過ぎ。

押しに押していた雑誌の撮影が終わって、スタジオの地下駐車場にやってくると。雅紀は車に乗り込むなり、尚人《なおと》の携帯電話に連絡を入れた。

最近は、家の中でもちゃんと手元に置いているせいか、三コール内で出る。雅紀の名前を呼ぶときも『雅紀兄さん』ではなくごく自然に『まーちゃん』になっている。

だから、雅紀としても気分がいい。電話越しの『まーちゃん』は、まるで二人だけの合い言葉のように普段よりもたっぷりと甘い囁きだからだ。

『もしもし？　まーちゃん？』

仕事終わりに尚人の声を聞くと、なんだかホッとする。

「そっちは、変わりないか？」

その確認は雅紀にとって、とりあえず、どんなに疲れていても欠かせないルーチンワークである。だから、だろうか。

『うん。平和、平和』

クスクス笑って、尚人が茶化す。

「今日な、ちょっと遅くなる」

『え？　まーちゃん、仕事は終わったんじゃないの？』

「そうだけど。ちょっと、家に帰る前に寄るところができた」

不本意だが、しかたがない。

『そうなんだ？』

少しだけ残念そうなトーンに、後ろ髪を引かれる。

（ホント、俺的にはこのまま直帰したいところだけど）

これから向かう先が先なので。

けれど。尚人は『どこに？』などとは、問わない。基本、尚人は雅紀を全面的に信頼しているからだ。それが仕事絡みであれば、特に。逆に、雅紀は尚人のことならすべて把握していなければ気が済まないのだが。

「だから、先にメシ食っちゃっていいから」

それを伝えたくて電話をしたようなものだ。

『まーちゃんは？』

「帰って食うに決まってるだろ」

即答である。やるべきことをやって、さっさとケリを付けて帰るつもりだからだ。尚人の手料理を食い逃すことなど、考えられない。

『うん。わかった。じゃあ、気を付けて帰ってきてね？』

「あー、じゃあな」

これで、元気の元はチャージできた。不本意な顔合わせに向かうには、それなりの下準備は不可欠である。

尚人からの電話が切れると雅紀はスマホをジャケットの内ポケットにしまい、愛車のイグニション・キーを回した。

§§§§§　§§§§§　§§§§§　§§§§§

午後七時前。

雅紀の車が堂森の篠宮家の門前で止まると。ひと頃に比べると数は減ったが、なんとかして慶輔のコメントを取ろうと、あるいはその姿だけでも写真に収めようとしつこく張り付いていた者たちが特ダネの予感に一気にどよめいた。

「おい、あれって……」

「…『MASAKI』だ」

「ウソだろぉ」

「聞いてねーよ」

「マジか?」

「なんで?」

口々に『MASAKI』を連発して、カメラのフラッシュが一斉に炸裂《さくれつ》した。

それでも。さすがに、いきなり駆け寄ってマイクを突きつけるような無謀なチャレンジャーはいなかった。

——いや。夜空に輝く花火のごとくフラッシュの集中砲火を浴びても一顧だにせず、むしろ平然と、まるで何事もなかったかのように冷然とした足取りで門扉を開けて玄関へと歩いていく雅紀を誰も止められなかった。それが正しい。

彼らとしても。『MASAKI』のコメントはそれこそ喉から手が出るほどに欲しいが、誰も、自分がその口火を切りたくはないのがミエミエだった。

そこを押し切ってコメントをもぎ取るのがレポーターの本分なのかもしれないが、誰だって我が身は可愛い。何が『MASAKI』の逆鱗《げきりん》に触れるかもわからない、そんな不用意な発言の落とし前を自腹を切って払うほどの根性はなかった。

しかし。予期しない雅紀の訪問は、いきなり天から稲妻が落ちてきたくらいの衝撃度があった。彼らにしてみれば、しつこく張り付いていた粘り勝ち。残り物には特大の幸運がある。そんな、天にも昇る気分だったろう。なにしろ、特大スクープの予感だったからだ。

いったい、『MASAKI』がなんのために？

実父である慶輔と夜の密談？

和解か？

——決裂か。

それとも、新たな事件が勃発か。

なんにせよ。とにかく、連写。

……連写。

………連写。

彼らは夢中でカメラのシャッターを切り続けた。

そんなマスコミの思惑などまったく眼中にもない雅紀がドアフォンを鳴らすと、すぐに、ドアが開いた。外のどよめきが家の中まで響いていたかのように。

「いらっしゃい、雅紀ちゃん」

出迎えてくれた秋穂《あきほ》の声は硬い。久しぶりに見る顔は、拓也《たくや》の葬儀のときよりもやつれて見えた。

それは、そうだろう。すべての元凶である慶輔を迎え入れたことで、親族からは見放されたも同然だからだ。

突き詰めて言ってしまえば、赤の他人である夫《拓也》よりも腹を痛めて生んだ我が息子《慶輔》に情がある。そういうことなのだろうが。身内をすべて敵に回してまで庇《かば》い通すほどの価値が慶輔にあるとはとうてい思えない。

——が。

それが祖母《秋穂》の苦汁の選択だったとしても、雅紀にはどうでもいいことであった。祖父の葬儀に参列することで、孫としてのケジメはつけた。

そして。慶輔を選んだことで、必然的に祖母との縁も切れた。それだけのことだからだ。

「ご無沙汰《ぶさた》をしております」

雅紀がきっちりと腰を折ると、ようやく、秋穂の緊張感もわずかにほぐれた。

久しぶりの親子の対面には、さすがに秋穂も思うところがあるのだろう。雅紀をリビングに通して、お茶と茶請けの菓子を持ってきたあとは言葉もかけずにひっそりと奥に引っ込んでしまった。

慶輔はリビングに入ってきた雅紀を見て、まず絶句した。

(これが……雅紀?)

明仁《あきひと》に自分の記憶が十年ほど飛んでいることは告げられていたし、医師にも、ある期間のことが思い出せない健忘症——いわゆる記憶障害であると宣告された。

実際、雅紀に電話をかけたときには耳に馴染《なじ》まない美声に愕然《がくぜん》とした。だから、頭の中では青年になった雅紀——というのは理解できた。

しかし。慶輔の記憶の中の雅紀は、あくまで小学六年生のままだった。明仁から話を聞くだけでは、電話越しに声を聴くだけではイメージできなかった青年の雅紀が、現実の雅紀が目の前にいる。その衝撃は、やはり、言葉にできないものがあった。

小学六年生の雅紀は誰もが認める美少年だったが、二十三歳になった雅紀はまさに白皙《はくせき》の美青年だった。

神童も二十歳を過ぎればただの人——とは、よく言われる。それと同じで、どんな美少女でも長ずればそのインパクトも薄れる。男ならば、よけいにそうだろう。少年から青年へ。成長期とは、そういうものだ。

だが、我が息子は違った。

その美貌《びぼう》は損なわれるどころか凄みが増して、その美形ぶりに慶輔はただ呆然と双眸を見開くしかなかった。

あの時代には珍しく、父親《拓也》はハーフで息子《慶輔》はクォーター。そのせいか、慶輔たち三兄弟は誰も外国人の特徴を受け継がなかった。なのに、孫《雅紀》にはそれが顕著に出た。純粋な日本人には見えない先祖返りという摩訶不思議《まかふしぎ》な血の為せる業《わざ》が。

その血統の事実を知らなければ、生まれた我が子を見た瞬間に妻の浮気を疑ったかもしれない。事実、雅紀がそういう容貌を持って生まれたことで、慶輔たち兄弟は今まで意識もしていなかったことをいきなり突然鼻先に突きつけられたような気がしたのだった。

子どもは一律に異質なモノを排除したがる傾向にあるが、雅紀は生まれたときから特別だった。何もかもが。

ただ可愛いのではなく、美形だった。それが何ひとつ損なわれることなく美青年になった。そのリアルな現実に、慶輔は絶句することしかできなかった。

今の自分は、くたびれた中年の親父だ。病院で目を覚ますまでは、働き盛りのエリート・サラリーマンだったはずなのに。今では、杖《つえ》なしではまともに歩くこともできない。

失われた十年間の記憶。その埋めがたい落差《ギャップ》を別の意味で体現する息子が眩《まぶ》しすぎて——妬《や》けた。

あまりにもリアルすぎる現実を直視させられて不様に動揺するしかない自分が、いっそ惨《みじ》めすぎて。言葉を失う。

そんな慶輔を、雅紀は冷視するだけだった。

「とりあえず……座ったら、どうだ?」

視界のインパクトをどうにか呑み込んで、慶輔がぎくしゃくと先に声をかけた。

無言のままソファーに浅く腰を下ろして、雅紀は慶輔を直視した。

(ふーん。これが、リアルな現実ってやつ?)

かつて、傲慢《ごうまん》を絵に描いたように暴言放言を吐きまくっていた男は、今は見る影もない。ただ覇気《はき》がないというのではなく、エゴ丸出しの毒気が薄れて身体にも張りがなくなり、今は惨めな中年に成り果てている。

(祖父ちゃんに刺されても死ななかった悪運のなれの果てが、これか)

運《ツキ》というのは明暗でできている。金が腐るほどあっても不幸な奴もいれば、平凡でも身の丈にあった幸せを感じる者もいる。

【何が幸運であるのか、それを測る物差しはない】

——という言葉もあるくらいだ。

だから。この世の中、人生の損得勘定はちゃんと帳尻《ちょうじり》が合うようにできているのだろう。

ベストセラーの悪運も尽きて、あとは中途半端な記憶を抱えて悪運を食い潰《つぶ》すだけ。

（人生、初のドン底な気分ってか？）

それを自分の目で確認できただけでも、少しは溜飲《りゅういん》が下がるというものだ。

「おまえも聞いているだろうが、お父さんは……その、記憶に障害があって、ここ十年分の記憶が空白になっている」

なんとか話のきっかけを探り出そうとする慶輔だが。

「だから、何もかもチャラにしたいとでも？」

雅紀は、まったく歩み寄る気もない。

「チャラにするとか、しないとか……。そういうことじゃない」

苦汁を嚙《か》み潰すように、慶輔は顔をしかめた。

「今更、何をどう言い訳したって見苦しいだけでしょう。あー、言い訳じゃなくて、身勝手な言い分でしたっけ？」

雅紀は辛辣《しんらつ》だった。冷めた口調で遠慮もなく扱《こ》き下ろす。

今日この場に来たのは、話し合いをするためではない。きっちりと引導を渡すためだ。

「仮に、それが胡散臭《うさんくさ》い懺悔だったとしても、俺は耳を貸す気にもなりませんけど」

「雅紀。お父さんが言いたいのは……」

「あんたは、父親なんかじゃない」

ピシャリと、雅紀は吐き捨てる。

「あんたは、息をしているだけで毒を撒《ま》き散らして人を不幸にする疫病神だ」

慶輔がこだわり続ける『父親』など、もう、どこにもいない。自分たち家族を捨てて家を出て行った瞬間、この世から消え失せた。その慶輔が自分のことを『お父さん』と言うたび、胸くそが悪くなって反吐が出そうだった。

雅紀は、過去を蒸し返すつもりなどさらさらなかった。記憶にないことは水に流して、これからのことを考えたい――という慶輔の身勝手な妄想に付き合う気もない。茶番は茶番でしかないからだ。

「あったことをなかったことになんて、させない。あんたはすっかり忘れてしまってるようだけど、俺たちはあんたの仕打ちを絶対に忘れないし、許さない。昔も、今も、これから先もずっと」

恨んで。

呪《のろ》って。

不幸のドン底で足掻《あが》く。

そういう凶悪すぎて最悪な時期は去っても、過去をなかったことになんてさせない。そんなことは、許さない。

最低最悪のクソ野郎だった事実を、都合の悪すぎる真実を忘れてしまったのなら、今一度、きっちり思い出させてやるだけだ。

「あんたの記憶は俺が小学六年生のときで止まってるらしいけど、俺たちはもう大人の屁理屈《へりくつ》で誤魔化されて泣き入りするしかない、無力なままのガキじゃない。祖父ちゃんに刺されても死ななかった悪運が惨めな結果を招いたとしても、それは自業自得なんだから、今更泣き落としをしたとしても無駄――つーか、ただ醜悪なだけだろ」

記憶をなくしたからと言って、エゴ丸出しな本質は変わらない。真山千里《まやまちさと》を捨てて堂森の実家に逃げ帰ることで、傲岸不遜《ふそん》を世間に曝《さら》したと言っても過言ではない。

人生の辻褄《つじつま》合わせは、そんなに簡単なものではない。悪行は、利子を付けて自分に還ってくる。そのことを、慶輔はじきに思い知るだろう。

「俺たちは、あんたがなかったことにしたい過去を忘れたりしない。不幸のドン底で死んでいったおふくろの死に様を、決して忘れない。あんたと真山千里が俺たちを踏みつけにした仕打ちを絶対に忘れたりしない」

そう言葉を切って、雅紀は視線を尖《とが》らせる。

「だから。この先、二度と俺たちの視界に入ってくるな。弟たちに、声もかけるな。そんなことをしたら、ただじゃおかない」

脅《おど》しではない。これは、警告だ。

「俺は、あんたが忘れてしまってる不都合な真実ってやつを知ってる」

トーンを低く落とし。

「あんたが書いた暴露本には載っていない、たぶん真山千里も知らない、弟たちにも知られていない、伯父さんたちにも知られていない、そういうあんたの腐れた事実を知っている」

——威嚇《いかく》する。

「俺はあんたみたいに恥知らずなオナニストでも露出狂のナルシストでもない。人の弱みに付け込んで暴露するような悪趣味でもないから黙ってるだけだってことを……忘れるな」

目で、口で、恫喝《どうかつ》する。

ただのハッタリでもその場凌《しの》ぎのブラフでもないことを、明確に誇示する。この先、慶輔が雅紀の本性を履き違えないように。

慶輔の喉仏が、ひとつ大きく、ゴクリと上下した。見開かれた双眸は血走り、わずかに引き攣《つ》っている。

「祖父ちゃんは身内の恥をナイフで解決しようとしたらしいけど、あんたのために人生を投げ捨てるほど俺はバカじゃない。あんたには、そんな価値もないからだ。でも、それはしないだけでできないわけじゃない。それを、忘れるな」

そう。今の雅紀には、護りたいモノがある。それを邪魔する奴は許さない。

無価値な人間を殺すほどバカではないが、いっそ死んでしまったほうがマシと思うくらいには徹底的に叩《たた》き潰してやるつもりだ。その覚悟を、慶輔にはきちんと伝えて……いや、宣言しておきたかった。慶輔と顔を突き合わせるのは、これが最後だからだ。

「祖母ちゃんは、篠宮の身内をみんな敵に回してもあんたと心中するくらいの覚悟はあるようだけど。あんたは、そんな度胸もないんだろ？　だから、あんたがこの家でこのまま腐り果てても、誰も悲しまない」

そうなったら、皆、いっそ清々するだろう。諸悪の根源がこの世から消え失せてしまったことに、内心で喝采《かっさい》するかもしれない。

「俺たちにとって、あんたはとっくに赤の他人だ。それを、ちゃんと覚えとけ」

それだけを言い捨てて、雅紀はすっくと立ち上がった。

言いたいことはみんな、ブチまけた。だったら、これ以上、不愉快極まりない慶輔の顔を見続けている必要もない。

慶輔は取り付く島もない雅紀の冷たさにただ絶句した。父親を父親とも思わない、それどころか平然と『疫病神』呼ばわりをする冷徹さに喉を引き攣らせて言葉を呑むことしかできなかった。

もろもろの意味で、秋穂ともども慶輔をバッサリ切り捨てた雅紀の心はまったく痛みもしなかった。

来たときと同様、雅紀が玄関ドアを出てくると同時に、待ち構えたようにまたものすごい数のフラッシュが炸裂したが。やるべきことをやり終えた雅紀の表情は、むしろ、スッキリと晴れやかですらあった。

§§§§§　§§§§§　§§§§§　§§§§§

電子錠で、我が家のドアを開けて中に入る。

そのドア一枚が、世間と自分たち家族を隔てる門《ゲート》だった。家に帰ってくれば、世間を騒がせる雑音も、しつこくまとわりつく煩わしさからも解放される。

迷うことなくダイニング・キッチンに向かい。

「ただいま」

声をかけると。

「おかえりなさーい」

シンクの水を止めて、尚人が笑顔で振り返った。

(ホント、和むなぁ)

特に、不本意な寄り道をさせられたあとは。

「ご飯、すぐに食べる?」

問いかける尚人へと歩み寄り、雅紀はギュッと抱きしめた。

こんなことは、一度もなくて。尚人はほんの少しだけ焦る。

「なに?　どうしたの、まーちゃん?」

わずかに身じろいで、尚人が雅紀の目を覗き込む。

「んー?　最後の寄り道でちょっとエネルギー使い果たしちゃったから、元気の元をチャージしてるだけ」

仕事のことは、わからない。

けれども。ハードワークな毎日が雅紀の日常みたいなものだから、尚人は。

「今日も一日、お疲れさまでした」

自分からも、ギュッと雅紀を抱きしめ返してねぎらう。

(こういうのが、ささやかな幸せっていうんだろうな。マジで、疲れもいっぺんで吹き飛んじまう)

そんなことを思いながら、雅紀は、尚人の頭の天辺《てっぺん》に優しくキスを落とした。これで、ようやく、長い一日が終わったような気がした。

あとがき

梅雨《つゆ》入り宣言は出たのに、空梅雨です。でも、蒸し暑くてヨレヨレ……。

――って、それは、修羅場明けのせい？

こんにちは。

最近はゴクドー続きで『あとがき』を書くのがツライ、吉原《よしはら》です（笑）。

ここまで来るのに、エネルギーを使い果たしてしまいます。私も、雅紀のように（まーちゃんの場合は尚君を抱き枕にすることですが）疲労回復の元……マッサージで元気をチャージしたいです。

担当さんとの打ち合わせ中に飛び交うのは『萌え～』『やっぱり萌えですよね～ッ』ということで妄想菌がカビのように増殖中？　や……別口の話ですが。

今回のコンセプトは、従兄弟対決です。十年経って、彼らの立場は逆転してしまいました。

二組の兄弟愛の明日はどっちだ？

――と、いうことで。第八巻『双曲線』をお楽しみいただけると嬉しいです。

話は変わりますが。今回、ＷＥＢマガジンに『二重螺旋』の番外編を書きました。

枚数制限なしのショート・ストーリー？　はい？　なんか、ミスマッチ……。

番外編のショートでいいと言われると、自分的には、逆になんか難しいって感じです。どこを摘み食いしようかなって（笑）。

自分の『萌え』が本編とはミスマッチ？　――的なこともあるわけですし。

タイトルは『ミスマッチの条件』です。いや、別に引っかけとかじゃないですから。

六月下旬に『Char@《キャラット》　VOL5』にて配信予定です。興味のある方は、ぜひ、ご覧になってください。

うーん。こうやって、自分の首を絞めているのねー……と、再確認いたしました（笑）。

ちなみに。電話で『VOL5』が『ゴルゴ』に聞こえて、

「それじゃ殺し屋じゃないですか」

とか、担当さんには笑われました。

「え？　だったらボルボ？」

「だから、VOL5ですってば」

いやぁ、やっぱり修羅場明けのせい？　脳神経が誤作動しっぱなしでありました。

最後の最後になってしまいましたが。円陣闇丸《えんじんやみまる》様、いつもありがとうございます［深々］。

平成二十五年　吉原理恵子《りえこ》

この本を読んでのご意見、ご感想を編集部までお寄せください。
《あて先》〒105－8055　東京都港区芝大門2－2－1　徳間書店　キャラ編集部気付
「双曲線」係

■初出一覧
双曲線……書き下ろし

Chara

双曲線

【キャラ文庫】

2013年6月30日　初刷

著者　吉原理恵子
発行者　川田　修
発行所　株式会社徳間書店
〒105-8055　東京都港区芝大門2-2-1
電話048-451-5960(販売部)
03-5403-4348(編集部)
振替00140-0-44392

印刷・製本　図書印刷株式会社
カバー・口絵　近代美術株式会社
デザイン　海老原秀幸

ISBN978-4-19-900716-3

好評発売中

吉原理恵子の本

【二重螺旋】

シリーズ1〜7 以下続刊

イラスト◆円陣闇丸

父の不倫から始まった家庭崩壊——中学生の尚人《なおと》はある日、母に抱かれる兄・雅紀《まさき》の情事を立ち聞きしてしまう。「ナオはいい子だから、誰にも言わないよな？」憧れていた自慢の兄に耳元で甘く囁《ささや》かれ、尚人は兄の背徳の共犯者に……。そして母の死後、奪われたものを取り返すように、雅紀が尚人を求めた時。尚人は禁忌《タブー》を誘う兄の腕を拒めずに……!?　衝撃のインモラル・ラブ!!

キャラ文庫最新刊

息もとまるほど
杉原理生
イラスト◆三池ろむこ

両親を亡くし、従兄の彰彦《あきひこ》の家で育てられた透《とおる》。恋心を抱くけれど、家族同然の彰彦に、想いを伝えるわけにはいかなくて…!?

花嫁と神々の宴　狗神の花嫁2
樋口美沙緒
イラスト◆高星麻子

狗神の伴侶になり半年。五十年ぶりに開かれた八百万の神の宴で、比呂《ひろ》は闇に落ちかけた狗神・青月《あおつき》と出会い、執着されて…？

FLESH《フレッシュ》 & BLOOD《ブラッド》⑳
松岡なつき
イラスト◆彩

海に不慣れな指揮官に危機感を抱くビセンテとアロンソは、ある計画を立てる。一方ジェフリーは、戦いに備え、出獄させられ!?

二つの爪痕
宮緒　葵
イラスト◆兼守美行

婚約中の姉を持つ陽太《ようた》。相手の峻成《としなり》は理想の義兄だ。けれど姉がホストにはまった!? 調べる中、謎の人気ホスト・タキに出会い!?

双曲線　二重螺旋8
吉原理恵子
イラスト◆円陣闇丸

父たちの醜聞に巻き込まれ、動揺する従兄弟の零《れい》と瑛《あきら》。一つ年下の尚人《なおと》を頼り、話すことで癒される零に、雅紀《まさき》は苛立って…？

7月新刊のお知らせ

神奈木智 ［守護者がめざめる逢魔が時2（仮）］ cut／みずかねりょう
愁堂れな ［孤独な犬たち（仮）］ cut／葛西リカコ
谷崎 泉 ［諸行無常というけれど2（仮）］ cut／金ひかる
西野 花 ［溺愛調教］ cut／笠井あゆみ

7月27日（土）発売予定

お楽しみに♡